결국
행복은
찾아올 거야

결코 행복이 찾아올 거라

믿지 않았던 기나긴 밤에게

의 행복을 바라는

로부터

Prologue

유독 긴 밤을 보내게 되는 날이 있습니다. 캄캄한 방에 누워 천장을 바라보면 여러 상념이 눈앞에 아른거립니다. 힘든 일이 연달아 찾아드는 시기에는 괴로운 마음에 이리저리 몸을 뒤척이며 잠들기 위해 애씁니다. 그런 밤에는 왜 삶의 어두운 면만 보이는 걸까요. 내게는 행복이라는 단어가 어울리지 않는 것만 같은 상실감에 젖어 하염없이 어둠 속을 걷게 됩니다.

그럴 때면 제가 적어 내려간 글을 다시 읽습니다. 행복에 대해 고민했던 글을 읽다가 혼란스러운 생각을 새로이 쓰기도 하고, 머리맡에 근심을 펴 둔 채 서성이기도 합니다. 불안과 우울에게 잡아먹히지 않으려 애쓰다 보면 어느새 첫새벽을 마주하게 됩니다. 저는 커튼 틈새로 들어오는 희미한 빛을 보고서야 비로소 안심하고 잠들 수 있었습니다.

한겨울의 긴 밤도 결국 끝이 있다는 사실을 눈으로 마주하고서야 안도했습니다.

이번 책은 행복할 거라 믿지 못했던 시절의 저를 떠올리며 적어 내려갔습니다. 그리고 그때의 저처럼 시리고 긴 밤을 걷고 있을 이들에게 한 줌의 햇살이 되길 바라는 마음을 담아 엮었습니다.

예전에는 행복이 형체가 있는 조건이라 생각했습니다. 세상의 기준에 부합하면 완벽한 충만감과 안정감을 느낄 수 있을 것이라 생각했습니다. 하지만 행복은 그러한 것이 아니었습니다. 저마다 행복을 느끼는 요소가 다르므로 그 순간을 찾아 일상을 꾸려 가고, 나를 이해하고 사랑하는 시간이야말로 중요한 것이었습니다. 행복은 형체가 없습니다. 우리의 마음에 스며들어야 비로소 진정한 모습을 띱니다. 경직되지 않은 가벼운 어깨와 희고 맑은 미소가 우리의 일상이 되기를 바랍니다. 행복이라는 건 그리 멀리 있지 않다는 걸 알게 된 지금에서야 말할 수 있게 됐습니다. 결국 행복은 찾아올 것입니다.

작은 감탄과 함께 "아, 행복하다-"라고
소리 내 말하는 순간이 자주 찾아오기를 바랍니다.

목차
Contents

Part 2.
결국 누구보다 소중한 나라서

Part 3.
결국 함께 걸을 인연이라서

Part 4.
결국 변치 않을 사랑이라서

Part 1.

결국
눈부실
날들이라서

매 순간 나에게
　　　꽃다발을 건네는 사람

　내가 어떤 모습이든 나를 사랑하기로 작정한 사람이 있다. 내가 잘하든 못하든 언제나 박수갈채를 보내는 사람. 나의 미흡함과 부족함까지 사랑하겠다고 다짐한 사람 앞에서는 결코 작아지지 않는다.

　돌이켜 보면, 타인에게는 무조건적인 사랑을 기대하면서도 정작 나 자신에게는 그런 마음을 건네 본 적이 없었다. 그러나 나의 모든 시간에 한결같은 박수갈채를 보내 줄 사람은 다름 아닌 나 자신이었다. 나의 부족함을 안아 주고, 결과와 상관없이 모든 도전을 응원하는 내가 있다는 건 호기롭게 세상으로 뛰어나갈 힘이 된다.

　변함없는 웃음과 환호로 맞이하는 사랑은 세상에 부딪혀 산산조각이 된 나를 금세 다시 붙여 준다. 이제는 나에

게 두려움 없이 나아갈 용기를 주고 싶다. 나의 모든 순간
에 꽃다발을 들고 기다려 주고 싶다.

모든 나를
사랑하기로 했다

내 속에는 너무 많은 내가 있다. 겁이 많은 나, 용감한 나, 예민한 나, 사랑을 가장 중요한 가치라고 외치는 나, 돈을 벌어야 한다는 나, 이타적인 나, 이기적인 나, 어리석은 나, 현명한 나. 내 안에 있는 나 중에 진정한 나를 골라, 나를 통솔하려 한다. 그런데 아직도 누가 진정한 나인지 모르겠다. 매 순간 서로 다른 목소리들이 들려온다. 이타적인 나는 양보하라 말하고, 이기적인 나는 지켜 내라 말한다. 겁많은 나는 물러서자고 하고, 용감한 나는 도전하자고 한다.

그래서 결정은 여전히 어렵고, 선택에 후회가 남기도 한다. 하지만 그렇기에 사람이 아닐까. 어떤 날에는 후회가 아무 쓸모 없다고 생각되다가도, 또 어떤 날에는 후회가 나를 성장시킨다고 느끼며, 후회조차 괜찮다고 여겨지기도 한다. 상황에 따라 생각이 달라지는 게 사람이다. 우리에게는 많은 내가 있다. 그러니 나의 복잡함을 인정하고 내 안의 나에게 닿을 수 있도록 말해 주자. 당연히 어려울 수 있다고. 네가 나약해서가 아니라, 깊이 사유하기 때문이라고.

스스로를 다그치기보다는 잘하고 있다고 다독여 주자. 수많은 '나'와 함께 걸어가는 이 여정에서 때로 갈피를 잃고 헤매는 건 자연스러운 일이니까. 이 모든 복잡한 내가 모여 이루는 하나의 이야기. 그것은 진정한 나를 만들어 가는 과정일 테니 조급해하지 말자. 우리는 모든 순간, 모든 선택 속에서 조금씩 더 온전한 나로 성장하고 있으니까.

오늘의 행동이
나를 빚는다

정체성은 사소한 행동에서 만들어진다. 추상적인 개념을 머릿속에서 조합하고 그것이 나라고 믿는다 해도, 행동하지 않으면 그것은 내가 될 수 없다.

다정한 사람이 되고 싶으면 마주하는 사람들에게 먼저 웃음을 지어 보이고, 단단한 사람이 되고 싶으면 무례한 사람에게 단호히 선을 그어야 한다. 자신을 존중하는 사람이 되고 싶다면 남에게 하지 못할 말은 나에게도 하지 않아야 한다. 자신을 사랑하는 사람이 되고 싶으면 나에게 사랑을 건네는 연습을 해야 한다. 잘못된 선택을 하더라도 "괜찮아, 고생했어."라고 나를 다독여야 한다.

다짐으로 끝나는 것이 아니라 그것을 행동으로 옮기는 일이야말로 나를 만들어 가는 길이다. 반복적인 행동으로 빚어진 모습이 곧 나일 것이다. 오늘 누군가의 행복을 위해 작은 행동을 했다면 따듯한 나에게 한 걸음 더 가까워진 것이다. 내가 원하는 나는 미래의 어딘가에 있는 것이 아닌, 오늘의 행동 속에서 만들어진다.

결국 행복은
　　　　찾아올 테니까요

지나간다는 걸 알아요.
괜찮아질 거란 걸 알아요.
최악은 갑작스레 찾아오니
이건 최악이 아니란 걸 알아요.
걱정보다 심각하지 않을 거란 걸 알아요.
혼자가 아니란 걸 알아요.
혼자서도 이겨 낼 수 있다는 것도 알고
울어도 된다는 걸 알지요.
내려갔던 입꼬리가 올라가고
생기를 되찾을 거라는 걸 알아요.
시간이 흘러 돌아보면
큰 숨을 들이마시고는 '그때는 그랬지.' 하고
웃을 거란 걸 알아요.
그러니 잊지 말아요.
괜찮아진다는 것을.

오늘도 한 조각의
행복을 담습니다

행복에 대한 기준이 터무니없이 높을 때가 있습니다. 순도 100%의 행복을 추구하다 보면 오히려 행복에서 멀어지곤 하죠. 완벽한 행복을 만들고자 하는 욕심은 피로를 부르고, 상상 같지 않은 현실에 실망하게 됩니다. 그래서 욕심을 내려놓고 지금 이 순간을 온전히 느끼는 연습을 하고 있습니다. 기대하지 않으면 실망할 일이 없고, 욕심을 부리지 않으면 어떤 상황에서도 괜찮다고 말할 수 있게 됩니다. 지금 이 순간에 몰입해서 주어진 하루를 열심히 살아 내고 나면 몸은 피곤할지라도 마음은 만족감으로 가득 채워집니다. 행복한 날을 보낸 뒤에는 이런 추억을 많이 모아 두고 싶어집니다. 고이 간직하고 싶을 만큼 찬란한 순간이 담긴 조각은 분명 밝게 빛나겠지요. 결국 그 조각들이 모여 우리의 삶을 이룰 것입니다. 부디 매일매일 추억의 조각을 수집

하는 나날이 되기를 바랍니다. 당신의 삶이 눈부시게 반짝이기를 소원합니다.

찾아온 행복을 의심하지 말고
기꺼이 받아들일 것.

행복은 부정하다 놓치고
불행은 자신의 것이라며
담담히 끌어안지 말 것.

행복은 내가 마음을 열고
환대해야 비로소 내게 머문다.

행복할 때면
그 감정이 낯설고 두려워도
온전히 느끼겠다고 결심할 것.

당신의 마음이 편히 쉴 수 있도록
용기를 내어 행복에 흠뻑 젖을 것.

깊고 고요한 행복 속에서 유영할 당신을 위해.

　나는 예민한 사람 특유의 유별남과 요란함을 좋아하고, 담담한 사람의 폭신한 포용과 일정한 물결의 감정선을 좋아한다. 예민한 사람들은 감수성이 풍부한 만큼 섬세한 말과 행동을 전하고, 담담한 사람들은 언제나 한결같은 태도로 곁을 지켜 준다.

　예민한 성격의 소유자로서 '예민하다'라는 말의 부정적인 어감에 위축되기도 했다. 그런 내가 부끄러워 일부러 무덤덤한 척 굴었던 날도 많았다. 하지만 나의 섬세한 관찰과 복잡한 사색 덕에 이렇게 글을 쓰게 됐고, 사랑하는 사람들의 사소한 변화도 대번에 알아차릴 수 있는 따뜻함을 갖게 됐다. 이렇게 단점이라고만 여겼던 면도 어느 상황에서는 특별한 장점이었음을 깨닫게 되기도 한다.

'예민하면 좋다, 나쁘다.'라는 문제에 정답은 존재하지 않는다. 성격에 있어 옳고 그름은 없다. 단지 다른 것뿐이다. 모든 성격에는 양면성이 존재해서 장점과 단점은 곧 한 몸이다. 나의 고유성을 단점으로 치부하지 않고 나만의 강점으로 해석하고 싶다. 얻는 게 있으면 잃는 것도 있다. 그러니 가질 수 없는 것을 바라며 나를 깎아 내는 대신, 지금 가진 것들을 다듬어 더 빛나게 만들고 싶다.

고백하자면, 나는 나의 섬세한 성정과 다소 유별난 감정선을 사랑한다. 한때 모난 구석이라 여겼던 부분도 오래도록 매만지다 보니 이제는 어디 하나 날카로운 부분 없이 정돈되어 가고 있다. 결국 나를 이해하고 존중하는 순간, 나의 고유함은 더 이상 결점이 아닌 사랑의 대상이 된다.

동거견과 함께 산책한 지 어언 5년째다. 동거견이 속한 자연은 한 폭의 그림 같아서 시선을 떼지 않고 걷게 된다. 네 발 달린 동물은 대체로 고개를 바닥에 박고 냄새를 맡으며 걷는데, 그럼 내 시선도 자연스레 바닥에 꽂힌다. 그러다 우연히 발견한 것이 눈길을 빼앗는다. 콘크리트 틈을 비집고 피어난 꽃. 제법 의기양양한 모습이다. 지금의 자태를 만들기까지 조금의 어려움도 없었다는 듯이. 비좁은 틈새를 우악스레 빠져나오는 동안 무수히 일그러지고 고통스러웠을 텐데, 그런 순간을 상상할 수 없게 아름답다.

기어코 피어나는 것들을 동경한다. 부정을 탈피하는 긍정, 칠흑 같은 어둠을 몰아내는 빛, 짙은 미움을 덮어 주는 사랑, 절망을 소화하는 유머. 저마다의 틈을 비집고 성장하는 우리가 장하다.

그러니 작은 틈새를 지나 반드시 피워 내길. 좁은 틈을 지나느라 잠시 어두울 뿐이다. 잠시 짓눌려 있을 뿐이다. 다른 말로 하면 우리 지금 잘 해내고 있다는 말이다.

결국 피어날 것이다.

힘듦 따윈 없었다는 듯이.

사랑의 순환

나를 먼저 돌보는 일은 다른 사람에게도 더 나은 사람이 되는 길이다. 내가 건강하고 안정되어 있을 때, 주변 사람들에게도 따뜻함과 배려를 나눌 여유가 생긴다. 나를 돌본다는 것은 자신의 모든 감정을 껴안고 선택을 존중하며 나 자신에게 친절해지는 것이다. 아물지 않은 상처를 돌보고 부족함과 서투름을 이해하는 것. 내가 소진된 상태로 타인에게만 집중한다면, 결국 그 친절과 배려는 고갈되고 만다. 스스로 온건하게 서 있어야 비로소 그들을 진심으로 이해하고 공감할 수 있다. 나 자신을 사랑하고 돌볼 때, 그 사랑은 자연스레 주변으로 확장된다. 나를 잘 챙기는 것이 곧 다른 사람을 잘 챙기는 길이다.

후회를 되풀이하지
않기 위하여

하루하루 주어지는 시간 속에서 살아가야 한다. 지나간 순간에 집착하다 보면 주어진 이 순간마저 흘려보내게 된다. 짙은 후회로 슬픔에 잠기거나 돌이킬 수 없다는 사실에 답답함을 느끼는 순간도 있을 것이다. 때론 그런 감정을 피할 수 없다. 하지만 후회를 통해 지나온 시간을 되돌아보고 더 나은 방향을 모색할 수 있다. 회고는 성찰의 단초가 되어 주니까. 충분히 시간을 보낸 후에는 다시 이 순간을 바라보아야 한다. 돌아갈 수 없고 돌이킬 수도 없는 일에 후회와 미련을 두느라 오늘을 놓치지 않았으면. 시간 앞에서 무력감을 느끼며 가슴 아파하지 말고 지금 내게 온 기회를 잡았으면. 되돌리고 싶은 마음을 담아 곁에 있는 이들에게 사랑을 전하고, 열정적으로 주어진 시간을 가득 채우며 살아가기를.

행복을
　　부르는 습관

　나만의 징크스가 있다. 아침에 일어나자마자 동거견에게 "좋은 아침!"이라고 인사를 건네야 하루가 잘 풀린다. 좋은 아침이라는 말을 입 밖으로 내뱉으면 정녕 좋은 날을 보내게 된다. 나는 원래 아침잠이 많아 늘 짜증을 부리며 일어났는데, 하루를 짜증으로 시작하니 이어지는 일상도 유쾌하게 보내지 못했다. 그러다 점심시간이 지나기 전까지 그 늘진 얼굴로 시간을 보내는 게 싫어서 밝게 인사하는 습관을 들였고 덕분에 맑은 기분으로 하루를 시작하게 됐다. 말에는 신묘한 힘이 있어서 좋다고 말하면 정말로 좋아진다. 말이 마음을 이끈다는 걸 알기에 무언가를 싫어한다는 말은 쉽게 입 밖으로 꺼내지 않는다. 싫어하는 마음을 없애는 건 어려운 일이기 때문이다. 좋아하는 것들로 가득한 하루하루를 보내고 싶다. 마음속에 행복과 풍요, 기쁨을 채우고 싶다. 반복되는 일상 속에서도 내가 좋아하는 것들에게 잠시나마 눈길을 주고 충분히 좋은 하루라고 인식하고 표현한다면, 그 작은 순간들이 모여 행복한 하루로 만들어 줄 것이다.

그럼, 오늘도 좋은 하루!

당연한 것은
아무것도 없습니다

분명 수술 전 부작용에 대한 안내를 받았습니다만, 0.02%라는 숫자를 듣곤 저와는 무관한 일이라고 생각했습니다. 그런데 그 0.02%의 확률이 제 일이 되어 버렸습니다. 지금은 모든 치료가 잘 끝나 건강한 몸이 되었지만, 그 당시에는 억장이 무너지는 결과였습니다.

확률은 머릿속에서 존재하는 개념일 뿐, 현실에서는 결국 일어날 일은 일어나는 것이었습니다. 저는 높은 확률을 선택했지만, 확률은 어디까지나 숫자에 불과했습니다. 단 0.001%라도 제게 적용되는 순간 100%가 되어 버리니, 결국 확률은 아무런 의미가 없었습니다. 이제까지 확률에 기대어 선택했던 수많은 순간을 돌아봅니다.

치밀하게 계획을 세우고 높은 확률을 선택해 안전성을

확보하더라도 그것은 상상 속에서만 이루어지는 것일 뿐, 정작 현실에서는 아무 소용이 없을지도 모른다는 생각이 듭니다. 당연히 높은 확률로 사랑하는 이들은 무사하겠지만, 더 이상 그것을 확신할 수가 없습니다.

저는 높은 확률로 오래 살 테고 그러므로 안정적인 노후를 위해 노력해야겠지만 되레 이 선택이 깊은 후회로 남을 것만 같은 두려움에 휩싸입니다. 당연해서 믿음이라 여기지도 않았던, 견고히 유지해 온 믿음이 무너졌습니다. 불확실성을 정면으로 마주한 지금, 누군가의 행복과 불행, 누군가의 찬란함과 비루함이 눈물로 변합니다. 나 또한 그것을 겪을 수 있는 사람이라는 걸 알게 되어서요.

미래에 대한 확신을 지우고 오늘을 온전히 살아 내기로 결심했습니다. 미래를 맞이하는 건 확률이니까요. 내일이 올 것을 자신하지 않고 나에게 주어진 확실한 오늘을 누리고, 나누고, 남기고, 힘껏 써 버릴 것입니다. 흘려보내지 않고, 놓치지 않고, 모조리 소진하는 하루하루.

기력 없이 잠들고 싶은 걸로 보아, 오늘은 성공한 듯합니다.

절망을 이겨 낼
나를 믿는다

어린 시절, 나는 무엇도 기대하지 않는 아이였다. 간절히 꿈꾸는 것들은 언제나 나를 비껴갔고 작은 희망은 매번 커다란 절망으로 변했기에 서서히 희망을 지워 나갔다. 희망을 쥐고 있으면 내 것이 아닌 듯 마음이 불편했다.

절망을 품고 있어야 편안했다. 희망은 절망을 주었지만 절망은 안도를 가져다주었다. 밑바닥에 머물고 있으면 더는 무너질 곳이 없었다. 최악의 상황을 그리고 나면 차악의 상황에 안도하게 된다. 그럴 때면 이상한 위안을 느꼈고, 그러한 안위가 반복될수록 절망과 함께하는 것에 익숙해져 갔다. 무언가 진정 바라는 것이 생기면 오히려 이뤄지지 않을 것이라고 예견했다. 사실 간절히 원하고 있었음에도. 그 시절에도 희망을 놓지 못하고 있던 것이다.

이제는 용기 있게 희망을 품기로 다짐했다. 어렸을 때는 혼자 할 수 있는 것이 아무것도 없어 부모와 세상에게 의지했지만 더는 그때의 내가 아니다. 지금의 나에게는 절망을 헤쳐 나갈 힘이 있다. 이루어지지 않을까 두려워 주저하는 대신, 그 불안마저 기꺼이 끌어안고 나아갈 것이다.

내가 품었던 작은 희망은 나를 움직이는 원동력이 되었고 그 속에서 얻은 경험과 함께한 사람들, 꿈이 이뤄지는 날을 상상하며 미소 지었던 순간은 여전히 가슴에 녹아 있다. 그 기억은 나에게 절망을 이겨 낼 힘을 준다. 더는 나에게 속지 않기로 했다. 절망적인 미래를 예견하지 않기로 한다. 희망적인 미래가 기다리고 있다고 믿으며, 희망이 시들지 않도록 지켜 낼 것이다.

나는 절망을 이겨 낼 만큼 강인하다.
희망은 절망을 이겨 낼 만큼 강하다.

미움을 다독이고 사랑을 택한 네가
냉소를 지우고 다정을 택한 네가
불안을 삼켜 내고 용기를 택한 네가
모난 곳을 부지런히 다듬어 가는 네가
여린 마음을 단단히 키워 가는 네가
상대의 마음을 깊이 헤아리는 네가

좋아.

흔들리더라도 번번이 다시 돌아오는 네가 자랑스러워.

믿음이
이끄는 곳

믿음은 곧 당연함이 되어 무언가를 믿고 있다는 자각조차 없이 내게 배어 버린다. 이렇게 스며든 믿음은 나를 이끌고 그에 따라 삶의 방향이 달라진다.

"사랑은 없어."라는 믿음은 사랑에 깊이 빠져들지 못하게 하고 매 순간 사랑의 진위를 판단하게 만든다. "사람은 믿으면 안 돼."라는 믿음은 누구에게도 마음을 열지 못하게 하며, "잘해 줘 봤자 배신당할 게 뻔해."라는 믿음은 다정과 친절을 지워 버린다. "역시 내 말이 맞아."라고 말하게 되는 순간, 앞선 모든 믿음은 확고히 굳어진다.

지난날의 믿음들.

나는 좋은 사람이 와도 알아보지 못했다. 오래도록 품은 믿음은 당연한 진리가 되어 버렸고, 주위 사람들이 어떤 이야기를 해도 들리지 않았다. 오랜 시간 동안 굳어 있던 마음을 녹이고 냉소 어린 표정과 날 선 목소리를 가다듬고 불안한 눈동자를 잠재우는 일은 몹시 어렵다. 그러니 혹시 나와 같은 사람이 있다면 당신의 마음에는 희망의 씨앗이 심어지길 소원한다.

"나에게는 상처를 이겨 낼 힘이 있어."
"나와 꼭 맞는 사람을 만나게 될 거야."

차가운 마음으로 홀로 남겨지지 않기를. 조금 더 포근한 것들을 믿고 따스한 것들에 기대어 살아가기를. 사랑스러운 당신이 당신과 같은 사람들과 어울리며 행복하기를.

"할 수 있어."

누군가에게는 그저 말뿐인 응원처럼 느껴질 수 있지만 도전을 앞두고 불안에 떠는 이에게는 어떠한 말보다도 커다란 안심이 될 수 있다.

"괜찮아."

누군가에게는 지금 이대로도 괜찮다는 말이 아무런 효용이 없을지라도, 자신에 대한 미움을 좀처럼 떨쳐 내지 못하는 이에게는 어떠한 말보다도 든든한 격려일 수 있다.

힘들어하는 사람에게, 지쳐 있는 사람에게 "그랬구나."라고 말하며 이해해 주는 세상이었으면 좋겠다. 우리 모두 팍팍한 현실을 이겨 내고 있으니까.

듣기 좋은 말로 치부했던 위로가 어느 날에는 마음 전체를 감싸 주고, 진부해서 거부했던 문장들이 때론 나를 살리기도 한다. 현실이 아무리 퍽퍽하더라도 서로의 마음에 공감할 수 있는 여유는 늘 남겨 두었으면 좋겠다. 서로에게 조금 더 관대할 만큼의 여유. 우리의 마음이 잠시라도 맞닿을 만큼의 진심 어린 공감. 우리가 내미는 작은 손길이 때론 누군가의 세상을 바꿀지도 모른다. 그런 손길이 모여 조금 더 나은 세상을 함께 만들어 갈 수 있을 것이라 믿는다.

이어달리기

한 사람이 달라지기 시작하면, 그 변화는 마치 이어달리기의 바통처럼 자연스럽게 주변 사람들에게도 전해진다. 내가 긍정적인 시선으로 세상을 바라보기 시작하면, 내 곁에 있는 사람들은 나의 긍정에 스며든다. 내가 희망적인 미래를 꿈꾸면, 주변 이들에게도 미약한 희망이 퍼진다. 사랑하는 존재들에게 자주 마음을 표현하다 보면, 그들도 내 표현에 다정히 화답하는 날이 온다. 나의 작은 세계를 만들어가면, 곁에 있는 이들은 서서히 내 세계에 흘러든다. 내가 머금는 마음과 삶을 바라보는 태도는 함께하는 사람들에게 이어진다. 그들에게 좋은 영향을 주고 싶기에 좋은 것들로 마음을 채우고 싶다. 우리가 함께함으로써 서로의 세계가 조금 더 풍성한 기쁨으로 채워지길 소망한다.

행복이 들어올 수 있도록
마음의 문을 열어 두세요.
오래 머물다 갈 수 있도록
곁에 있는 행복을 바라봐 주세요.

세월은 우리를
더 아름답게 만든다

　세월과 함께 자신이 변했다고 말할 때 자주 등장하는 주제가 있다. 한때 잘 웃던 자신이 이제는 잘 웃지 않게 되었다는 이야기, 사람을 참 좋아하고 다정했던 자신이 이제는 냉정하고 냉랭해졌다는 이야기, 하고 싶은 일이 참 많았던 자신이 이제는 마땅히 하고 싶은 게 없다는 이야기. 시간이 흘러서라고 말하지만 사실 일련의 사건들로 인해 잘려 나간 것일지도 모르겠다. 풍부한 감정을 절제하다 보니 감정의 샘이 메말라 버린 것은 아닐까. 다정을 건네도 돌아오는 건 차가움뿐이라 마음을 점점 아끼게 된 것은 아닐까. 하고 싶었던 것이 아닌 해야 할 일을 하다 보니 무언가를 꿈꿀 새가 없어진 것은 아닐까. 직관적으로 느껴지는 세월을 핑계 삼지만, 시간은 나의 것들을 더 짙게 만들어 줄 수도 있었다. 세월과 함께 더 진심 어린 웃음과 다정한 마음을 만들 수 있고, 하고 싶은 일을 더 깊이 좋아하도록 만들 수 있다. 나의 것을 지켜 내길 포기하시 않을 때 시간은 우리의 편이 되어 준다. 강해지고 싶다. 세월을 핑계로 내가 소실되지 않게, 지키고 싶은 나만의 것들이 더 짙고 깊어질 수 있도록. 내가 이토록 사랑하는 것들이 먼 훗날에도 여전했으면 해서.

찰나의 감정이
전부는 아니니까

감정은 순간순간의 나다. 그래서 하나의 감정으로 나라는 사람을 정의할 수 없다. 즉, 한 가지 감정에 사로잡혀 나를 우울한 사람이나 행복한 사람이라고 단정할 수 없다. 결국 감정은 휘발되고 마니까. 그렇기에 우리는 어떤 가치관과 신념을 가진 사람이냐고 묻지만, 어떤 감정의 사람인지는 묻지 않는다. 감정은 상황에 따라 바뀌기 때문이다.

만약 우울과 괴로움 속에서 지금 느끼는 감정을 투영해 세상과 자신을 바라보고 있다면 이렇게 말해 주고 싶다. 그 감정은 지나갈 것이고 지금 당신이 생각하는 세상과 자신은 왜곡되어 있다고. 다시 기쁨과 충만을 온몸으로 느끼는 날이 올 것이라고 말이다. 푹 자고 일어나면 맑은 생각이 떠오르고, 좋아하는 사람과 마음을 나누다 보면 작은 행복이 피어나며, 거울 속 나를 마주하고 진심으로 사랑한다고 말해 주면 전혀 다른 세상이 펼쳐진다. 감정과 나를 동일시하지 말자. 그저 순간의 감정일 뿐이다.

시간은 나를
기다려 주지 않는다

어린 시절의 나는 '나중에'라는 단어를 싫어했다. 어머니가 나중에 사 주겠다던 인형은 영영 품에 안지 못했고 가족 여행을 가자는 약속은 해마다 나중이라는 이름으로 미뤄졌기 때문이다. 간절히 기다리던 나중을 마주한 적이 없었다. 그때는 나중이라는 단어를 그토록 미워했는데 애통하게도 어른이 된 나는 나중만을 바라보고 있다.

삶에 치여 작은 꿈과 소망들은 기약 없는 나중으로 미뤄 두고 현실을 살아야 한다는 핑계로 하루하루를 흘려보내고 있었다. 이런 어른만은 되지 않겠다고 다짐했건만 지금의 나를 마주할 때마다 그때의 나에게 미안함이 몰려온다.

이제라도 그 시절의 다짐을 지키려 한다. 더 이상 '나중에'라는 말로 작은 꿈과 행복을 놓치지 않을 것이다. 내가 원하는 삶을 살아가며, 당장 할 수 있는 일을 해 나가고, 과기의 나에게 부끄럽지 않은 오늘을 쌓아 갈 것이다.

숫자는 사랑을
담을 수 없어서

　내가 사랑하는 것들은 수치화할 수 없는 문장의 나열이
다. 이를테면 사랑하는 사람과 도란도란 서로의 이야기를
주고받는 새벽, 좋아하는 일에 몰입해 시간 가는 줄도 모르
고 빠져드는 순간, 울창한 초록의 그늘 아래 돗자리를 펴고
와인 한 병과 함께하는 나른한 오후, 졸린 눈으로 헬리콥터
처럼 꼬리를 흔들며 맞아 주는 강아지, 깊은 우정을 나눈
친구들끼리 모여 왁자지껄 추억을 되새기는 시간. 딱딱한
숫자로는 도무지 표현할 수 없는 생생한 장면들. 이런 장면
을 차곡차곡 쌓는 것이야말로 내가 바라는 삶이다.

가장 그리운 순간은 언제나

가장 사소한 순간이었다.

함께 맛있는 음식을 먹고

나란히 걸었던 평범한 일상의 한 장면.

보통의 하루가 이토록 소중했는지

우리는 늘 지나고 나서야 깨닫는다.

언젠가 알게 되겠지.

흘려보내도 괜찮다 여겼던

지금 이 순간이 가장 그리운 날이었음을.

마음을 지키는 말

내가 한 사람과 깊어지는 지점은 술 한잔에 걱정과 고민을 나눌 때이고, 그때의 화법에 따라 마음이 더 깊어지기도 멀어지기도 했다. 언젠가 진로에 대해 친한 언니와 이야기를 나누었던 밤이 기억난다. 한창 고민이 많았던 시기라 꿈에 대한 고민을 안주 삼아 술잔을 기울였었다.

나는 초등학교 4학년 때 예체능의 길을 선택했다. 그 선택의 연장선으로 대학 전공과 직업도 같은 방향으로 결정했다. 그 길은 내게 안정감을 주었지만 만족감을 주지는 못했다. 시간이 흘러 내가 변화하면서 하고 싶은 일도 조금씩 변해 간 탓이었다. 문제는 하고 싶은 일이 여태 한 번도 시도해 보지 않은 영역이라는 점이었다. 인정받고 있는 익숙한 일을 그만두고 완전히 새로운 영역에 도전한다는 것이 두려웠다. 그런 속마음을 털어놓자, 언니가 넌지시 말했다.

"네가 이제 와서 어떤 일을 하려고 그래."

나는 그 말을 듣고 난 뒤로 어떤 이야기도 털어놓지 못했다. 그리고 알게 됐다. 우리는 앞으로 친밀한 사이를 이어 갈 수 없겠다는 것을. 어떠한 대화를 나누든 그것은 표면상의 이야기일 뿐이겠다는 것을. 그녀가 나를 걱정하는 마음과는 별개의 문제였다. 내가 두 번 다시 그녀에게 속마음을 털어놓지 못하리라는 걸 알았기 때문이었다.

가장 여렸을 때 들은 말이 가장 따가웠다. 가장 힘들 때 마주한 냉소적인 태도가 제일 아팠다. 돌이켜 본다. 힘들어하는 이에게, 위로와 응원이 필요했던 사람에게 아픈 말을 던지진 않았는지. 무조건적인 이해와 수용이 고팠던 사람에게 현실을 앞세워 가슴에 비수를 꽂진 않았는지. 화법이 가장 중요한 순간은 약해진 이와 마주할 때일 것이다. 기댈 곳이 필요한 사람에게 건네는 말은 조금만 날카로워도 송곳같이 파고든다.

어떤 말은 잊지 않으려 몇 번이고 읊조리고, 어떤 말은 흘려보내려 노력한다. 어떤 말은 가슴에 박혀 빼내려고 애를 써도 빠지지 않고, 어떤 말은 가슴에 새겨져 내내 나를 지킨다.

우리를 지키는 말을 건넬 수 있었으면 한다. 건네받은 말을 잊지 않으려 메모장에 써 두고 힘들 때면 꺼내 읽을 수 있는 포근한 문장을 전할 수 있으면 좋겠다.

자신만의 규칙이 있는 삶을 좋아한다.
원하는 일상과 미래를 위해 자신과 굳은 약속을 하고
그것을 지키기 위해 성실히 노력하는 삶.

약속이란 지켜 내고 싶은 것이 있다는 것.

자신만의 것을 지키려고 노력하는 사람.
자신의 것을 지키려 노력하기에
타인에 대한 존중이 기저에 깔린 사람.
자신과의 약속만큼 상대와의 약속도 중요하고,
자신의 일상만큼 상대의 일상도 존중해 주는 사람.

나의 것을 지키려 노력하는 사람은
상대의 것도 지켜 주려 노력한다.
그것이 어떠한 의미인지 알기에
그리할 수밖에 없어진다.

조화를 이루기에 이보다 적절한 것이 있을까 싶다.
자신의 것이 중요한 만큼
타인의 것을 존중해 주는 마음.

나와 너를 존중하며 살아간다는 것은
조화로이 함께할 수 있게 된다는 것이다.

공감의 갈증

우리가 공감에 목마른 이유는 어쩌면 자신을 온전히 이해하고 감싸 주지 못하기 때문은 아닐까. 각박한 현실을 헤쳐 나가려면 마음을 돌보기보단 자기 계발을 우선시해야하고, 슬픔에 잠겨 있을 때도 해야 할 일을 하라며 다그쳐야 한다. 나에게 괜찮다고 말하는 건 참 어렵다. 빨리 나아가야 한다는 강박 속에서 나를 책망했던 순간들은 나를 보듬는 방법을 잊게 했다. 그래서 타인에게 "할 수 있다."라는 말보단 "실패해도 괜찮다."라는 말이 듣고 싶고, 별일 아니라는 무심한 어투보단 걱정 어린 위로를 바라게 되는 것 아닐까. 내가 나에게 진심으로 "이해한다."라는 말 한마디를 건네지 못해 이토록 타인의 공감에 목마른지도 모르겠다.

천천히 단단해지고
있는 중입니다

나는 맨발을 좋아한다. 모래사장을 가로지를 때나 고운 황톳빛 흙을 발견하면 신발을 벗고 걷는다. 맨발은 평소와 사뭇 다른 감각을 가져다준다. 발가락이 존재한다는 것을 확인시켜 주고 구두에 눌려 구겨지는 줄도 몰랐던 발의 감각을 일깨워 준다. 평소 발의 감각은 고작 저리거나 신발 안에 무언가 들어가 거슬린다고 느끼는 정도였지만, 이 감각은 다르다. 발의 죽어 있는 신경을 깨운다.

산에 간 날이었다. 고운 흙을 발견하고 호기롭게 신발을 벗어 친구에게 좋다고 말하려던 순간, 날카로운 통증에 외마디 비명을 지르며 발을 들었다. 날카로운 돌멩이를 밟은 것이다. 순간의 행복과 자유는 온데간데없이 사라지고 짜증스러운 통증만이 남았다. 상처가 나지 않았음에도 불구하고 상처가 날지도 모른다는 생각에 허겁지겁 신발을 신었다.

그 이후로는 걷기 좋아하는 대지를 봐도 신발을 벗지 않았다. 문득 발을 양말과 신발 속에 단단히 숨겨 둔 것이 어쩐지 사람을 만날 때 나를 다 보여 주지 않는 면과 닮았다는 생각이 들었다. 조금 아팠던 기억 때문에 신발을 벗지 않고 지금껏 지내 온 나와 사람에게 받은 작은 상처로 나를 다 보여 주지 않는 내가 닮아 보인다. 실망하지 않기 위해, 아프지 않기 위해, 상처가 남지 않기 위해 나를 숨겨 놓은 모습이 꼭 양말과 신발 속에 들어 있는 발처럼 느껴진다.

아픔은 없지만 기쁨과 충만도 없이 무감각해져 굳어 버린 발. 그 발이 자꾸만 마음에 거슬렸는데 때마침 운동장을 걸어 다니는 아주머니들의 맨발이 눈에 들어왔다. 나도 괜히 슬리퍼를 벗고 사부작사부작 발을 움직였다. 처음에는 두렵기도 하고 돌멩이를 밟으면 아프기도 했지만 매일매일 걷다 보니 한 달이 채 지나지 않아 아무렇지도 않게 느껴졌다. 뭉툭한 굳은살 하나 없는데 말이다. 아픔에 둔감해진 것인지, 아니면 강해진 것인지는 모르겠다.

강해지려면 시간이 필요하다는 걸 알면서도 나는 그새를 못 참고 허겁지겁 신발을 신었던 것이다. 나를 보호한다는

이유로 감추는 대신 아프더라도 이겨 내야 단단해진다는
사실을 깨달았다. 이제는 마음도 세상에 꺼내어 보려 한다.
그래야만 상처에 단단해질 수 있을 테니까.

미래의 나에게 좋은 인연을 선물하고 싶다.

함께하며 마음을 주고받는 과정에서

상처가 날 수도 있지만

결국 시간과 함께 옅어져 없어질 것이다.

상처는 사라지고 좋은 인연은 곁에 남을 것이다.

미래의 나를 위해

오늘의 나는 망설이지 않고 진심을 건넨다.

단호하게
돌아서는 용기

　나란 사람은 정이 많아 돌아서는 발걸음을 떼기 힘들다. 어렵사리 몸은 돌아서도 고개는 자꾸만 뒤를 돌아본다. 이런 내가 뒤도 돌아보지 않는 때가 있다. 나를 지우면서까지 관계를 이어 가는 내가 견딜 수 없이 미울 때. 그때만큼은 뒤도 돌아보지 않고 떠난다. 누군가를 만나고 후회하는 일은 드물었지만 후회가 남는 관계에는 한 가지 공통점이 있었다. 그 사람과 함께하는 동안 나에게 미안한 마음이 들었다는 점이다. 나의 진심이 초라해질 때면 나 자신에게 미안했다. 관계를 이어 가기 위해 나를 깎아 내는 내가, 그 안에서 점점 희미해져 가는 내가 안쓰러웠다.

　관계는 함께 만들어 가는 것이다. 나만 상대에게 맞추는 건 결국 나를 잘라 내는 일이다. 나를 잃어야만 유지되는 관계는 내가 머물 자리가 아니다. 때론 단호하게 돌아설 용기가 필요하다. 나를 지킬 사람은 결국 나뿐이니까. 뒤돌아설 때 느끼는 아픔은 순간이지만, 잃어버린 나를 되찾는 데는 아주 오랜 시간이 걸릴지도 모른다. 돌아서야 할 때 돌아설 줄 아는 단호함은 내 삶에 더 좋은 인연을 채워 줄 것이다.

언어의 역할

나는 중요한 순간이면 선뜻 입술이 떼어지지 않았다. 가장 힘들었던 시기에 누군가 무심코 던진 위로에 아팠던 기억이 남아, 그 후로 누구에게도 함부로 말하지 않겠다고 다짐했다. 타인의 삶과 나의 삶 사이의 간극이 너무도 커서 아무도 날 완벽히 이해하지 못하는 것만 같았고, 나 또한 타인을 온전히 헤아리지 못해 상처를 주게 될까 두려웠다. 그래서 나는 누군가에게 상처를 주지 않기 위해 침묵하길 선택했다.

하지만 내 침묵은 의도와 다르게 전해지곤 했다. 한 친구는 내게 무뚝뚝하고 정이 없게 느껴진다고 말했고, 누군가는 내가 본인에게 관심이 없다고 생각하기도 했다. 상처를 막으려 선택한 침묵이 오히려 또 다른 오해와 상처를 낳을 수 있다는 것을 그제야 깨달았다. 상대를 향한 진중한 마음을 언어로 표현해 주는 것이 더 좋은 방법이 된다는 것을 미처 알지 못했던 것이다.

돌이켜 보면 나 역시 누군가의 진심 어린 위로 덕에 힘든 시기를 견뎌 냈다. 진심이 담긴 말은 흔들리는 마음을 지탱해 주는 힘이 되고 주저앉은 나를 일으키는 손이 된다. 이제는 중요한 순간이면 마음을 눌러 담은 위로를 들려주려 노력한다. 오해가 두려워 말을 아끼기보다는 진심을 꽉 채워 건네는 것이야말로 진정 상대를 위하는 일임을 알게 됐다.

나와 화해하는 여행

　도무지 넘을 수 없을 것만 같은 벽을 맞닥뜨리거나 해결할 엄두가 나지 않을 정도로 모든 게 꼬여 버릴 때면 나는 잠시 도피한다. 아무에게도 말하지 않고 소소하게 짐을 꾸려 다른 세상으로 향한다. 일상에서는 좀처럼 허락하지 않았던 자유와 나태를 여행지에서는 관대하게 허용하기 때문이다. 장소의 전환만으로도 나를 옭아매던 생각이 환기된다.

　마땅히 해야 할 일이 없으니 시간에 치이지 않고 좋아하는 것들에 온전히 빠져들 수 있다. 좋아하는 바다 앞에 앉아 아무 생각 없이 한참을 멍하니 바라보거나 여름이면 바다로 뛰어들어 수영을 즐긴다. 그러다가 배가 고프면 먹고 싶은 음식을 마음껏 먹는다. 거리를 돌아다니다가 취향에 맞는 공간을 발견하면 잔뜩 신이 나 그곳에 오래도록 머문다. 찬찬히 주변을 둘러보고 글을 쓰거나 책을 읽으며 시간을 보낸다. 그러다 보면 어느새 밥때가 지나 있지만 괜찮다. 해야 할 일도, 시간에 쫓길 이유도 없으니까.

이런 자유로움이 좋다. 나에게 무언가를 요구하거나 바라지 않는 하루 속에서 여행의 의미를 느낀다. 여행은 내가 좋아하는 것들에 마음껏 몰두할 수 있는 수단이자, 나를 옭아매던 엄격한 나로부터의 해방이다. 그렇게 유순해진 나와 마음 편히 웃고 즐기며 추억을 만드는 시간은 더없이 소중하다.

나와 아무런 대치 없이 편하게 쉬고 오면 힘이 생긴다. 내가 두고 왔던 문제들을 풀어 나갈 힘과 다시금 일상을 잘 일구어 낼 힘이. 잠시 쉬었다가 꼬인 문제를 바라보면 다른 관점으로 바라볼 여유가 생긴다. 넘지 못할 것 같은 벽도 힘껏 뛰어오를 용기가 생긴다. 가끔은 장소의 전환이 필요하다. 어쩌면 나에게는 조금 더 너그러운 내가 필요했는지도 모르겠다.

지난날의 내가 있기에
　　　　오늘의 내가 있다

오랜 꿈을 포기하고 무너졌던 시절.
그럼에도 다시 부푼 꿈을 품은 지금의 나.
감정에 휩쓸려 화를 냈던 낮과
진심을 담아 사과의 마음을 전했던 밤.
상처가 두려워 내 마음을 부정하던 어느 저녁과
뒤늦게 좋아하는 마음을 전하려 달리던 새벽.
거울을 보며 다시는 너를
탓하지 않겠다고 다짐한 순간.
후회와 아쉬움 속에
마음 앓이 하던 날들이 나를 바꿨고
잘못을 깨닫고 행동한 순간들이 나를 키웠다.
후회를 되풀이하지 않으려는 다짐 속에서
변화하는 시간이 나를 단단하게 만든다.
우리는 더 나은 사람이 되려고
이렇게나 아픈가 보다.

다 나았다고 생각했던 상처가 덧나기도 합니다.
언제 다쳤냐는 듯 아픈 마음이 낫기도 하지요.

잊은 줄 알았던 사람의 빈자리가
돌연 사무치게 그리운 날이 있습니다.
미워했던 사람을 사랑하는 사람이라
정의하게 되기도 하고요.

불행만이 기다릴 줄 알았던 삶의 길목에서
행복을 만나기도 합니다.
도무지 빠져나올 수 없을 것 같던 어둠 속에서
작은 용기로 밝은 세상을 볼 수 있게 되기도 합니다.

예상이 빗나가는 삶입니다.
그러니 당신에게 예상치 못한 행복이
찾아들지도 모르겠습니다.

빛과 어둠 사이에서

삶에는 어둠과 빛이 공존하지만
그 사이에는 오묘한 틈이 존재한다.

나는 그 오묘한 틈에서 살아가는 사람이
긍정적인 사람이라고 생각한다.

빛만 바라보는 건 낙관적이고
어둠만 바라보는 건 비관적이다.

빛과 어둠을 모두 인정하고
받아들이며 살아가는 사람이야말로
긍정이라는 단어에 가장 가깝지 않을까.

어둠 속에서도 빛이 있다는 걸 잊지 않고
빛이 들 때는 어둠 속에 있는 사람들을 잊지 않고 싶다.

그저 잘 살고 싶은 마음

3개월 동안 아무것도 하지 않았다. 늦게 일어나고 좋아하던 취미만 하며 지냈다. 미래가 걱정되기도 했지만 이상하게도 불안하지는 않았다. 불과 3년 전만 해도 쉬는 게 더 괴로웠다. 그래서 이번에 쉬기로 결정하고도 편히 쉬고 싶다는 간절함과 아무것도 아닌 한 개인으로 존재하는 데 실패했던 과거에 대한 불안 사이에서 한 달간 경직된 채로 어정쩡하게 머물렀다.

그런데 이번엔 이렇게 편안해도 되나 싶을 정도로 잘 쉬고 있다. "어라, 너무 좋은데?" 싶은 생각이 드문드문 들어도 우선 지켜봤다. 내일은 다를 수 있다고. 그렇게 어언 3개월이 지났다.

친구에게 이 사실을 알려 주었다. 나 쉬는데 편안하다고.

친구가 놀란 듯 나를 바라봤다. 백수 시절, 이 친구네 집에서 불안한 마음을 달랜 적이 있었기 때문이다.

"정말? 다행이다! 왜? 뭐가 달라졌어?"

친구는 눈을 반짝이며 물었다.

"별거 아니란 걸 알았어."

그랬다. 남들보다 더 앞서려는 욕심은 비워야 한다는 걸, 타인과의 관계에서 이기고 진다는 개념은 내 마음속에서만 이루어진다는 걸 알게 됐다. 누구보다 앞서야 한다는 생각이 사라지자, 나만의 속도에 맞춰 잠시 쉬어야 할 때라는 걸 받아들일 수 있었다. 그렇게 생각하니 쉬고 있는 지금의 상황도 더 이상 두렵지 않았다.

남들보다 빨리 가려면 쉬는 게 어렵다. 열심히 일하는 사람들 속에서 쉬고 있는 나를 견딜 수가 없다. 그들보다 많이 일해야 그들을 이길 수 있는데 어찌 쉴 수 있단 말인가. 그래서 나는 쉬는 게 힘들었다. 놀 줄 몰랐던 것도, 쉬고 싶지 않았던 것도 아니었다. 남들보다 앞서고 싶다는 욕심 때문에 쉴 수 없었던 것이다.

남보다 잘 사는 삶이 아니라, 그냥 잘 살고 싶다. 내가 잘 살고 있다고 느끼는 삶. 그거면 충분히 만족스럽게 지낼 수 있다. 타인의 삶에 일희일비하지 않고 나만의 속도로, 나만의 가치를 위해 나아가고 싶다. 남을 의식하지 않으면 보다 더 선명한 하루를 보낼 수 있음을 몸소 체감하는 나날들이다. 나만의 만족을 위해 노력하고, 그 충만함으로 가슴이 메워진 삶을 살고 싶다.

삶을 소화하는 힘

심적으로 힘들 때면 위통이 생긴다. 그럴 때마다 몸의 아픔보다는 정신적인 나약함에 더 슬퍼지곤 한다. 모든 걸 소화해 내는 튼튼한 사람이 되고 싶다는 이상을 품고 살지만 현실은 신경성 위염과 체기를 달고 산다.

소화력을 기르기 위해 양배추즙도 마시고 끼니마다 건강하게 먹으려고 노력한다. 더불어 내 감정에 직면하여 나에게 닥친 불행에 당황하거나 위축되지 않고 대담하게 해결하려 힘쓴다.

나에게 소화력은 음식뿐만 아니라 모든 상황과 감정도 포함된다. 불안이나 우울, 분노와 같은 감정이 피어날 때마다 그 상황을 충분히 느끼고 잘 소화하고 싶다. 예전에는 이런 상황이 아예 일어나지 않기를 바랐지만 시간이 흐를

수록 그런 소망은 실현될 수 없다는 걸 알게 됐다. 이제는 차라리 무슨 일이든, 어떤 감성이든 그때그때 잘게 씹고 삼켜 소화해 내는 사람이 되고 싶다. 상황을 회피하지 않고, 감정을 억누르지 않으며, 나를 외면하지 않는 것. 이 모든 일이 결코 쉽지 않겠지만 이것이야말로 삶을 소화하는 방법이 아닐까.

나는 오늘도 삶을 음미하고 삼킨다. 조금씩 더 튼튼해질 거라는 믿음으로. 언젠가 내 몸과 마음이 모든 걸 탈 없이 소화할 날이 오길 바라며.

바람은
바람일 뿐

바람을 움켜쥐려고 노력했던 시절이 있다. 보이지 않고
잡을 수 없는 마음을 움켜쥐려 노력했다. 그러나 무수히 많
은 관계를 겪으며 깨달았다. 바람은 움켜쥐려 애를 쓸수록
새어 나간다는 것을.

바람을 맞는 것은 상쾌하고 즐겁지만, 잡으려고 마음을
먹으면 무기력해진다. 불가능하다는 것을 알기 때문이다.
손을 꽉 쥐면 바람은 보란 듯이 내 손을 비껴간다. 욕심을
내려 두고 바람과 함께하는 순간을 즐겨야 한다. 그저 스쳐
지나가는 선선한 바람에게 몸을 맡기는 것이다. 바람은 나
의 바람대로 움직여 주지 않는다. 사람도, 마음도, 관계도
마찬가지다. 어느 것도 나의 바람대로 흘러가지 않는다.

바람이 하고 싶은 대로 두어야 한다.
바람과 함께하는 순간을 즐겨야 한다.

모든 것은 지나간다.

행복도, 불행도, 환희도, 시련도 모두 지나간다.

행복이 지나갈 때면 아쉬움이 뒤따르고

불행이 지나갈 때는 위안을 얻는다.

모든 순간이 유한하기에

행복한 순간을 소중히 여길 수 있고

시련 속에서 버텨 낼 수 있다.

모든 것은 찰나이지만

지나간 순간을 어떻게 받아들일지는

우리의 몫이겠다.

단지 좋아한다는
이유만으로

'그냥'이라는 단어를 좋아하는 친구가 있다. 논리를 부정하는 그 단어의 단순함이 좋다고 한다. 나도 그렇다. 누군가 이유를 물을 때, 선택의 합리성을 해명하고 싶지 않으면 "그냥, 좋아서."라고 답하곤 한다.

그냥 좋다는 말은 내게 참 낭만적이다. 이유 없이 좋다는 것이 얼마나 근사한 말인가. 우리는 보통 현재나 미래의 나에게 이득이 있는 것을 좋아하기 마련이다. 어쩌면 좋아해야만 한다는 말이 더 적합한지도 모르겠다. 실리를 따지는 사고에서 벗어나 그냥 좋아한다는 것은 단지 마음의 끌림을 의미한다. 이 순수한 끌림이야말로 낭만의 영역이 아닐까. 그리고 그 찰나의 낭만 속에서 우리는 행복을 느낀다.

어른이 된 우리는 그 단순함을 자주 잊고 산다. 현실이라는 이름으로 복잡한 계산을 하느라 내가 진정으로 좋아하는 것이 무엇인지 곰곰이 생각할 여유가 없다. 이제부터라도 그냥 좋아하는 걸 자주 했으면 좋겠다. 마음이 끌리는 대로 따라가 보고, 이유 없이도 좋다고 말해 보았으면 한다. 논리적인 이유를 붙일 수 있어야만 의미 있는 것이 아니다. 이유가 없어도 그 자체로 행복하다면 그것으로 충분하다. 그것이야말로 우리의 행복을 담당하는 것들일 테니.

행복과 불행은
공존한다

간절히 행복을 바랐지만, 그 간절함이 불행을 직면할 힘을 잃게 만들기도 했다. 뜻밖의 행복은 마음껏 누렸으나, 예기치 않은 불행에는 타당성을 찾으며 괴로움으로 빠져들었다.

왜 나에게만 이런 일이 일어나는지, 어떻게 나한테 이런 일이 벌어질 수 있는지, 답을 찾을 수 없다는 걸 알면서도 질문 속으로 파고들었다. 돌이켜 보면 행복으로 점철된 생을 살지 않았음에도 매번 행복만을 기다렸고 불행에 당황했다.

평안하고 행복하게 살고 싶다는 바람은 지극히 자연스러운 것이다. 하지만 우리의 인생에는 행복과 불행, 희망과 절망, 기쁨과 슬픔이 공존한다. 불행을 반기지는 않겠지만 그것이 내게 오지 않으리라는 장담을 거두기로 했다. 그것은 나에게도, 내가 아닌 누군가에게도 찾아올 수 있는 것임을 인정하기로 한다.

　너무 커다란 기대 뒤에는 받아들이기 어려운 실망이 존재하는 법이다. 행복과 불행이 공존하는 시간과 그 속에서 일렁이는 감정을 외면하지 않고 기꺼이 품을 수 있기를.

마음에
흡수되지 않는 눈물

운다고 달라지는 건 없다는 걸 안다. 어른이 되고 나서부터 현실에서 눈물은 아무런 힘이 없어졌다. 그럼에도 울고 싶을 땐 운다. 세상은 바뀌지 않겠지만, 적어도 내 감정은 달라지기 때문이다. 마음은 꺼낼 수 없기에 그 안에 쌓인 슬픔과 우울, 불안과 분노를 눈물로 게워 낸다. 눈물은 마음에 흡수되지 않는다. 눈물이 차오를 때마다 "괜찮아." 하고 넘겨 버리면 마음은 물속에 잠겨 시들고 만다. 울고 싶을 땐 울어도 된다. 운다고 달라지는 건 없다는 말은, 운다고 무슨 일이 생기지도 않는다는 뜻이 된다. 마음을 가득 채운 감정을 눈물로 게워 내고 나면 후련한 기분으로 다시 나아갈 힘이 생길지도 모른다. 그러니 울고 싶을 땐 실컷 울자.

오늘이
　　마지막 날이라면

　육신은 현재를 살아가지만 정신은 과거 혹은 미래 속에
머물 때가 많다. 퇴근 후 나만의 시간을 즐기지 못하고 직
장에서 저지른 실수를 떠올린다든가, 잠들기 전에 밤의 고
요함을 누리지 못한 채 미래의 불안에 시달린다. 사랑하는
존재의 손을 잡고 있지만, 이별의 순간을 걱정하는 것처럼.

　현재가 중요하고 소중하다는 건 표면적으로는 누구나 다
알고 있다. 오늘은 다시 돌아오지 않는다는 사실을 모르는
이도 없다. 하지만 내게 주어진 지금 여기의 찬란한 가치를
깨달으려면 이 순간이 부재했을 때를 상상해야 할지도 모
른다. 주어진 모든 것이 당연하지 않음을 체감하기 위해 그
것들이 사라진다는 가정 속으로 걸어 들어가는 것이다.

　나는 당연하다고 여기는 것들의 부재를 떠올릴 수 있어

야 지금 여기에 집중할 수 있다고 믿는다. 당연한 것을 당연하지 않게 바라보는 방법은 그것이 없어졌을 때의 상실감과 후회를 미리 겪어 보는 것이다. 상상하는 것만으로도 괴롭지만, 실제로 겪지 않고 깨달을 수 있으니 차선일 수는 있다.

Q. 오늘이 마지막 날이라면 누구와 함께 보내고 싶나요?

이러한 질문을 받으면 대부분 가장 가까운 사람들을 떠올릴 것이다. 하지만 자주 만나고 긴밀한 사이일수록 그들과 함께 행복한 시간을 만들려는 노력은 점점 희미해져 간다. 이는 애정의 크기와는 별개의 문제다. 가까이 있기에 늘 함께할 수 있으리라는 확신과 안정감이 소중함을 잠시 가린 것이다. 보고 싶다고 말하지 않아도 곁에 있다는 이유로 전하지 않은 다정한 말과 미뤄 둔 행복의 순간이 얼마나 많았을까.

가끔 나에게 주어진 시간이 얼마나 될지 가늠해 본다. 예상치 못한 사건으로 상상했던 것보다 훨씬 짧은 시간으로 줄어드는 상황도 그려 본다. 심드렁하다. 애써 떠올려 보지만 나에게는 그럴 일이 없을 거라는 오만이 상상을 방해한다. 이성은 아무리 네 인생이라 해도 네 마음대로 미래를 정할 수는 없다고 말한다. 나도 그렇게 생각한다고 답하지만 고개를 돌려 버린다. 어쩔 수 없는 일이다.

하지만 곁에 있는 존재들의 호흡이 지금과 같지 않을 때를 생각하면 가슴이 철렁한다. 숨결이 느껴지지 않을 정도로 서로가 멀어지는 상상과 호흡이 멈추는 상상. 아주 잠깐 떠올리는 것만으로 아찔하고 아득하다. 눈에 습도가 높아진다. 그럴 때면 나는 아직 우리가 함께할 수 있음에 감사하다. 사무치도록 그리울 순간을 함께하고 있다는 사실을 깨닫는다.

나의 현존은 부재를 동반한다. 언젠가는 부재를 떠올리지 않고도 현존하는 사람이길 바란다. 나에게 주어진 오늘과 곁에 머무는 모든 존재에게 감사하며 그들을 귀하게 여기고 싶다.

답변란에 적고 싶은 이름들이 쏟아진다. 상상만으로도 나를 울게 하는 이들의 이름을 꾹꾹 눌러 적는다.

Part 2.

결국
누구보다 소중한
나라서

반쪽짜리 사랑

    나는 나의 반쪽만 사랑했다. 사람들 앞에서 인정받는 나는 사랑했지만 좌절하고 우는 나에게선 등을 돌렸다. 부족한 나는 숨겨 두고 잘난 나만 내보였다. 그렇게 온전히 나를 받아들이지 못했다. 사랑은 흔히 반쪽을 찾아가는 여정이라고 하는데, 자신을 향한 사랑도 다르지 않다. 자신의 부족함과 취약함을 이해하고 품어 가는 여정이기에.

    나를 사랑한다는 것은 나의 잘난 모습뿐만 아니라 부족한 모습까지 껴안는 일이다. 서툰 나를 기다려 주고, 모르는 나에게 알려 주고, 실수하는 나를 보듬는 일. 미숙하다는 것은 완성될 수 있다는 가능성을 가진 것이고, 모른다는 것은 배울 기회를 얻었다는 뜻이다.

    완벽한 사람이 되기보다 나 자신에게 완전한 사랑을 주

는 사람이고 싶다. 나의 잘난 면만 사랑하다 보면 완벽하지 않은 순간의 나를 미워할 수밖에 없게 된다. 그렇게 나를 향한 사랑은 불완전한 반쪽짜리 사랑에 머무르고 만다. 잘난 나와 못난 나를 모두 품을 때, 비로소 온건한 사랑의 형태를 만들어 낼 수 있을 것이다.

나만의 길

    여전히 방황하고 있습니다. 언젠가는 확고한 사람이 되기를 바라며 저만의 땅을 바지런히 다지고 있으나 아직도 미숙합니다. 헤매는 저를 탐탁지 않아 하며 긴 시간을 보냈지만, 이제는 이런 제 모습이 그리 싫지만은 않습니다.

    가진 것을 나누자 다짐했다가도, 아무것도 나누지 말자 다짐합니다. 하루는 따듯한 사람이 되려 애쓰고, 하루는 차게 식히려 애를 씁니다. 어떤 날에는 사랑이란 이런 것임을 소스라치게 깨닫다가, 다음 날에는 그것은 사랑이 아닌 것 같다는 생각에 빠지곤 합니다. 끝없는 방황 속에서 언제쯤 정답을 찾을 수 있을지 아득해지다가도, 저만의 정답을 찾아가려 노력하고 있다는 사실에 안도합니다. 아직 나를 만들어 가고 있구나, 내 노력은 끝나지 않았구나. 더 나은 사람이 되려는 의지가, 굳건한 심지가 내게 존재하는구나. 헤매고 있다는 건 고민하며 나아가고 있다는 뜻이니까요.

마지막까지 저를 만들어 가는 여정을 펼칠 수 있는 사람이고 싶습니다. 불확실성을 감수할 인내심이, 말랑할 용기가, 더 나은 나를 그릴 의지가 오래도록 제게 있길 바랍니다.

나를 지키는 방식

고맙다는 표현은 일상적으로 건네고
미안하다는 표현은 신중히 꺼낼 것.

친절하지만
불쾌한 상황에서는 단호하게 선을 그을 것.

다정하게 말하려 노력하되
자신을 낮추어 말하지 말 것.

상대의 마음을 헤아리기 위해
함께하는 이의 얼굴을 살필 수는 있으나
눈치 보며 위축되지 말 것.

하루를 돌아보며
마음처럼 행동하지 못한 일로 나를 책망하지 말 것.

모두의 기대를 채우려 애쓰다 보면
진정한 나의 모습을 잃게 된다는 사실을 잊지 말 것.

내가 아닌 모습으로 살지 않도록
마음의 소리에 귀 기울이며 살아갈 것.

타인의 말에
흔들리지 말 것

    나에게 애정을 품은 사람들의 조언은 귀 기울여 듣지만, 나를 드문드문 보곤 쉽게 판단하는 먼 타인의 말은 신경 쓰지 않는다. 예전에는 그런 타인의 말에 쉽게 상처를 받았다. 그들의 말에 상처를 받았던 이유는 그들의 시선으로 나를 바라봤기 때문이었다. 간절하게 원하는 일을 준비하던 시절, 가장 가까운 사람들은 나를 열렬히 응원해 주었지만, 먼 타인은 나의 단점을 들추며 내가 그 일을 해내지 못할 거라 단정했다. 그때의 나는 나를 믿지 못하고 타인의 말을 듣곤 홀로 좌절했다. 나를 믿었더라면 그의 말에 흔들리지 않았을 것이다.

    이제는 더 이상 먼 타인의 짧은 생각 끝에 나온 무감각한 말을 나와 연결 짓지 않는다. 타인의 평가로 나를 바라보지 않기로 다짐했다. 어떤 사람은 나를 실패할 사람이라 볼 수도 있지만, 그것은 내가 통제할 수 없는 영역에 있는 그만의 생각일 뿐이다. 그것은 사실이 아닌 그의 주관적인 판단이다. 구태여 나와 연결 지으며 마음을 괴롭히지 않기로 한다. 나는 누구보다 내가 가장 잘 안다. 그 누구도 나만큼 나를 잘 알 수는 없다. 나를 믿고, 나의 시선으로 세상을 살아갈 것이다. 타인의 말을 마음에 담고 상처받기엔 나는 너무도 빛나고 소중하다.

좋은 것만 듣고, 좋은 것만 보기에도 부족한 시간, 나를 아끼지 않는 이들의 말까지 마음에 담아 둘 필요는 없다.

나의 그늘

사람은 경험한 만큼 이해한다. 내가 무너져 보지 않았다면 무너진 이를 진심으로 이해할 수 없었을 것이다. 시련을 겪지 않았더라면 누군가의 처진 어깨가 이토록 가슴 아프게 느껴지지 않았을 것이다. 우리는 겪은 만큼 배우고 아팠던 만큼 타인의 고통에 공감할 수 있다.

그래서일까. 나는 나의 그늘을 아낀다. 어린 시절에는 어떻게든 이 어두움을 벗어던지려 안간힘을 썼지만, 지금은 소중한 이들이 나의 그늘 밑에서 쉬었다 가는 것이 좋다. 지난한 시절을 추억으로 부를 수 있다면 거짓말이겠지만, 그 시간 덕에 넓어진 품으로 다른 이들을 기꺼이 껴안을 수 있게 되었다.

내가 겪은 아픔을 애정하는 이가 겪지 않았으면 좋겠다.

당신만은 언제나 맑고 환한 세상만 바라봤으면 하는 바람이 생긴다. 홀로 마음을 추슬러야 하는 서러움을 알기에 당신의 아픔을 조용히 어루만져 주고 싶다.

어떤 그늘은 다른 이를 쉬게 한다. 무거움을 지어 본 사람만이 다른 이의 무거움을 나누어 들 수 있는 것처럼, 어둠을 알고 있는 사람만이 줄 수 있는 위로가 있다. 그 위로는 누군가의 마음속 깊이 스며들어 어떤 빛보다 환하게 빛날 것이다.

하염없이 건넨다고 하여 남는 마음이 아니다.
하염없이 안아 준다고 하여 넉넉한 품도 아니다.

진실한 애정은 남아서 주는 것이 아니다.
나의 여유보다 당신이 중요하기 때문이다.
내가 허덕일지라도
당신에게 내 몫까지 주고 싶은 마음이다.
힘들지 않아서 당신을 챙기는 것이 아니라
당신의 아픔을 알기에 함께하는 것이다.

아등바등 내 것만 지키며 살아가도
예기치 않게 모두 잃을 수 있다는 걸 안다.
악착같이 내 것을 움켜쥐어도
손에 힘이 빠지는 날이 온다는 것도 안다.

결국 남는 건 사랑이다.

사랑을 나눴던 순간.
부족한 것도 나눴던 그 기억.
그것만이 가슴에 남는다.

마음의 온도

미지근한 온도를 견디지 못했던 시절, 나를 향한 뜨거웠던 마음이 조금이라도 식은 것 같으면 두려웠다. 나를 보는 눈빛이 어제와 다르다고 느끼면(나의 착각일지도 모르지만) 실수한 부분이 있는지 돌아봤고, 내게 건네는 말이 다정하지 않으면(사람이 늘 다정할 수 없다는 걸 알면서도) 내가 싫어졌는지 걱정했다. 이토록 불안정한 나는 미지근한 온도를 두려워했다. 어쩌면 미지근하다는 건 가장 편안하다는 뜻일지도 모를 텐데.

하루에도 몇 번씩 온도계를 들이댔다. 내게 조금이라도 달라진 부분을 찾으려 했고, 아주 미세한 변화라도 느껴지면 나를 생각하는 마음이 달라졌다고 혼자 판단했다. 그 온도는 내 감정과도 연결되어 있어 온도가 내려가면 우울해지고 올라가면 행복했다.

누군가와 함께하는 일이 점점 힘들어졌다. 매 순간 감정을 쏟으니 금세 지쳤고 상대의 감정을 살피느라 늘 긴장하고 있었다. 관계에 너무 많은 감정을 쓰는 탓에 아예 관계를 잘라 내어 생각할 거리를 없애거나 온 마음을 다 퍼부어 우리의 관계가 더없이 견고하다는 확신을 얻고 싶었다.

인생의 어느 한 시절을 지독히 혼자 보낸 것은 외로움이 더 편했기 때문이다. 함께하는 행복을 바랄 새도 없이, 불안에서 빠져나오기 위해 도망치듯 혼자가 되었다. 나를 떠나지 않길 바라는 간절함은 사람들 사이에서 느껴야 하는 편안함을 앗아갔다. 간절함이 커질수록 사람들과 마음을 나누는 일이 어려웠다. 그렇게 홀로 극에 치닫는 외로움을 느껴 보고 나서야 알게 됐다. 그들의 감정을 의심하지 않아도 된다는 것을. 그토록 두려워하던 외로움을 정면으로 맞닥뜨리고 나서야 깨달았다. 혼자여도 괜찮지만, 함께일 때 더 행복하다는 것을.

나를 사랑하는 마음의 중요성은 관계에서도 여실히 드러난다. 그동안 나는 사람들이 나를 좋아할 수 없다고 생각했는지도 모르겠다. 나를 미워하고 나라는 사람의 가치를 알아보지 못하던 시절에는 관계가 나보다 더 중요하다고 여겼으며, 스스로 사랑하지 않으니 누군가의 사랑도 쉽게 꺼져버릴 것이라는 불안감에 시달렸다.

지독한 외로움 속에서 비로소 내 마음을 자세히 들여다보게 되었다. 나의 불안과 두려움은 단순히 타인과의 관계에서 비롯된 것이 아니라, 나 자신을 존중하고 사랑하는 마음이 부족해서 느낀 것임을 알게 됐다.

그 시절의 나는 차가운 공기 속에서 떨고 있었다. 타인의 온도에 민감하게 반응했던 이유도 그 때문이 아닐까. 혼자서는 마음을 데울 수 없으니 타인의 사랑을 통해 마음을 데웠던 것일 테다. 추운 겨울, 이제 막 피운 장작 앞에서 눈이 내릴까 두려워하는 소녀처럼 언제 꺼질지 모를 사람들의 마음이 두려웠나 보다.

모순적인 나를
감내하는 나

　내 안의 모순을 발견할 때면 내가 너무도 미워졌다. 이런 모순을 지닌 채로는 나 자신에게 떳떳할 수 없을 것만 같았다. 사람을 사랑하는 일이 중요하다고 쓰고 나면 뾰족하게 튀어나온 이기심이 보이고, 자신을 사랑하자고 말하고 나면 나를 미워하던 어제의 내가 떠오르고, 희망을 잃지 않겠다는 다짐이 무색하게 불안에 잠식되고 만다. 한 점 부끄러움 없는 사람이면 좋겠지만, 나는 너무도 연약하고 불완전하다.

　하지만 이 모순까지 껴안고 나아가는 것이야말로 진정한 용기일지도 모르겠다. 날마다 마음을 다잡고 변화를 위해 노력하다 보면 나의 모순도 차츰 희미해지리라 믿는다. 이따금 부끄러운 모습을 마주할지라도 그런 자신을 견디며 한 걸음씩 나아가는 것만으로 충분히 멋진 사람이다.

그러니 자신의 모순 앞에서 주눅 들지 않기를 바란다. 흔들리는 순간조차 우리를 더 나은 방향으로 이끌어 주는 과정일 테니까. 자신을 이기려는 노력은 그 자체로 찬란하다.

발자국

상실이 찾아들어 잠들지 못하는 밤이면 자꾸만 뒤척이게 된다. 갑작스레 함박눈이 내리던 그날 새벽도 뜬눈으로 밤을 보냈다. 이대로는 잠들 수 없을 것 같아 눈발이 잦아들자마자 집 근처 운동장으로 향했다. 새하얀 세상을 기대했건만, 나보다 먼저 이곳을 다녀간 사람이 있었다.

뽀얀 눈 위에 찍힌 발자국을 보며 누가 이 새벽을 걸었을까 궁금했다. 여기저기 남겨진 발자국을 바라보며 묘한 동질감이 피어났다. 나처럼 마음이 힘들었는지, 나처럼 답을 찾지 못해 헤매고 있었는지 알고 싶었다. 한마디로 "당신도 나와 같나요?" 묻고 싶었던 것이다.

누구에게도 털어놓지 못할 마음을 품게 되는 날이 있다. 그런 날이면 밖으로 나가 무작정 걷는다. 걷는 게 좋다. 걷고 있노라면 생각이 발자국으로 찍혀 나오는 기분이 든다. 무거웠던 머리가 가벼워진다. 하염없이 걸으며 복잡한 심경을, 혼란스러운 상황을, 남들에게 하지 못한 이야기를 털어 낸다.

걷는다는 건 나아가는 행위이다. 뒷걸음질하지 않는 이상, 앞으로 나아간다. 결국 시작점으로 되돌아오지만, 여전히 같은 곳에 있을지라도 이전과는 달라진 내가 되어 있다. 결국 내가 머물 곳으로 돌아오는 산책. 그것이 나를 좀 더 가볍게 만든다. 그 겨울, 곧 녹아 없어질 눈밭 위에 사랑을 잃은 아픔을 찍어 두고 왔다.

감정을 표현하는 연습

어려서부터 감정적이라는 평가를 익히 들었다. 잘 울고 웃었으며 감정이 얼굴에 고스란히 드러났다. 울음을 참지 못해 핀잔을 듣거나 일그러지는 표정 때문에 혼나는 일이 잦았다. 그럴 때면 이불 속에 숨어 감정이 얼굴에 드러나지 않기를 바랐다. 여유로운 미소가 내 얼굴에 걸려 있으면 좋겠다고 생각했다. 그러면 조금 더 점잖아 보일 것 같았다.

학창 시절, 나는 친구들에게 내 감정과 느낌에 대해 자주 물었다. 감정적이라는 평가를 계속 듣다 보니 내 감정이 늘 과잉 상태인 것처럼 느껴졌다. "내가 이상한 거야? 나만 그래?" 화나는 게 괜찮은 건지, 서운함을 느끼는 게 합당한 건지, 이런 감정들이 정상인지 수시로 묻곤 했다.

시간이 흐를수록 점점 무미건조해졌다. 감정을 상황에

맞게 조절하는 일이 어려워 억압하는 방식을 택했다. 설렘도, 기쁨도, 슬픔도, 절망도 무뎌져 갔다. 지금도 또렷이 기억나는 순간이 있다. 간절히 바라던 일이 이루어졌는데도, 나는 지독하게 평정심을 유지했다. 실은 진심으로 기쁘다는 생각이 들지 않았다. 좋은 일이 생겼지만 내게 일어난 일은 아닌 듯한 묘한 감정이었다.

하지만 감정을 억지로 통제하는 것은 마치 강물을 댐에 가두는 일과 비슷했다. 잘 조절되는 것처럼 보여도 일시적일 뿐 억지로 눌러둔 감정은 언젠가 삐져나오기 마련이었다. 흘려보내지 못한 감정이 쌓이고 쌓이다 보니, 어느 날 갑자기 사소한 한마디에도 날카롭게 반응하는 나를 발견하게 되었다. 갑작스레 화가 치솟거나 눈물이 나왔다. 가슴이 터질 듯이 뛰었고 머릿속에서는 희미한 경보기 소리가 울렸다. 결국 댐이 무너지고 말았다.

이명이 들리고 위장이 제 기능을 하지 못할 정도로 아파 본 후에야 감정을 표현할 수 있었다. 말하지 않으면 가슴이 답답해 견딜 수 없을 것만 같아 말하게 되었다. 내 감정을 이해하고 받아들이며 조금씩 나를 표현하는 연습을 했다.

그 과정을 거치고 나서야 비로소 나의 감정을 의심하지 않을 수 있었다. 여전히 어디까지 표현해야 하는지, 이 정도의 표현은 적절한지, 내가 느낀 감정을 느껴도 되는지 기준을 잡는 것은 어렵지만 필요한 과정임을 안다.

　나에게 필요한 것은 그저 감정을 판단하거나 억누르지 않고 그 자체로 받아들이고 이해해 주는 것이었다. 내가 느끼는 감정이 잘못되었다는 생각을 비워 내기만 해도 답답한 가슴이 편안해졌다. 내 감정을 내가 의심하는 게 가장 힘들었다. 나를 의심하기 시작하면 속이 울렁거렸고 스스로 이상한 사람이라는 낙인을 찍고는 힘들어했다. 감정에 허우적거리는 사람이 아닌, 감정을 포용할 수 있는 너른 사람으로 자라나고 싶다. 내가 익어 갈수록 감정을 담은 접시의 지름이 넓어지길 바란다.

상처는 우리보다 작습니다.
상처란 나라는 존재의 어느 부분에 생기는 것이죠.
그 말은 우리가 상처보다 크다는 의미입니다.
우리에게는 상처를 이겨 낼 힘이 있다는 말입니다.

비교를 멈추어야
보이는 것들

부러움의 굴레는 끝이 없다. 건강이 좋지 않을 때는 활력 넘치는 발걸음으로 지나다니는 사람들을 선망의 눈으로 바라봤고, 사랑을 떠나보낸 아픔에 잠겨 있을 때는 알콩달콩 함께하는 커플이 자꾸만 눈에 들어왔다. 내가 이루지 못한 것을 이룬 사람을 보면 한없이 작아졌고, 내가 영영 가질 수 없는 것을 지닌 사람에게는 동경의 마음을 품었다.

아프지 않고서는 건강의 소중함을 느끼지 못하고 사랑하면서는 우리의 사랑이 빛난다는 것을 알지 못하며 무언가를 성취하고서는 금세 눈길을 돌리기 마련이다. 나는 나만의 고유함을 소중히 여기지 않았고 나와 같은 존재는 단 한 명도 없다는 사실에 은근한 자부심조차 느끼지 못했다.

부러움의 굴레 속에서는 결코 만족할 수 없다. 이제 그

굴레에서 벗어나 나를 온전히 바라보려 한다. 내가 어떤 아름다움을 가졌는지, 내가 당연하다는 듯 대했던 나의 모든 것들의 소중함을 깨닫고 아껴 주고 싶다. 타인의 그림자에 가려지지 않는 나만의 빛을 따라 살아갈 것이다.

사랑을 원했던 아이

　대청소를 하다가 장롱 한구석에서 서랍을 발견했다. 초등학교 고학년 때부터 매년 쓴 일기장을 모아 둔 서랍이었다. 오랜만에 어린 나를 만나고 싶어 청소를 미뤄 두고 농 앞에 앉아 일기장을 폈다.

　사실 일기장을 펼칠 때마다 가슴이 먹먹해져 자주 꺼내 보진 못했다. 그 시절의 어리고 여린 소녀는 귀여운 투정과 재미난 일들을 야무지게 기록했지만, 자책을 참 많이 했다. 자신을 향한 책망과 서슴없는 비판이 종이를 빼곡히 채웠다. 불안, 강박, 우울에 시달리며 끊임없이 자신을 탓하는 어린 날의 나를 보니 무참한 기분이 들어 서둘러 일기장을 덮어 버리고 말았다.

　학창 시절의 나는 인정받는 것에 그토록 목을 맸지만 그 인정이란 것은 도무지 완벽히 쥘 수 없는 모래와도 같았다. 바라던 인정을 받은 적도 있다. 하지만 인정받을 수 있는 탁월한 모습을 깨지 않으려 잔뜩 긴장해야 했다. 남들보다 잘해야 한다는 생각 외에는 다른 생각을 하지 못했고, 늘 압박감에 시달려 중요한 순간에 번번이 실수를 저지르기 일쑤였다. 결국 인정이라는 모래는 오래지 않아 손 틈새로 빠져나갔다.

지금에서야 그 시절의 나를 이해할 수 있게 됐다. 나의 인정 욕구는 사랑받고 싶은 욕망과 정확히 일치했다. 나에게 있어 인정은 사랑받기 위한 수단에 불과했다. 나는 사랑을 간절히 바랐던 것이다. 좋은 점수를 받으면 부모님과 선생님들은 나를 바라봐 줬다. 자연스레 가정과 학교에서도 내가 주축이 되어 활동이 이뤄졌고 나를 향한 관심과 애정이 쏟아졌다. 그 달콤한 칭찬과 관심이 끊임없는 자책을 만들었다.

지금의 내가 이렇게 빈틈이 많은 사람이 된 이유는 그 강박에서 벗어나려는 또 다른 발버둥이었다. 더 이상 사랑이 필요 없는 게 아니라, 못난 모습이어도 나를 사랑해 주려 노력하는 중이다. 나라는 사람은 실수가 잦고 일머리도 없어 아쉬운 결과를 맞이할 때가 많다. 아쉬운 모습까지가 나이기에 쓰게 웃곤 괜찮다며 나를 달랜다. 그 시절의 안타까움을 반복하고 싶지 않다.

나를 향한 모난 마음이 삐져나올 때면 나에게 말한다. 탁월한 이미지를 통해 사랑받으려 하지 말자고. 너의 있는 그대로의 모습으로도 충분히 사랑받을 수 있다고. 나는 너의 부족함을 사랑한다고.

더 이상 사랑받고 싶다는 욕심으로 나를 힘들게 하지 않을 것이다. 내가 나를 사랑하지 못하면 아무리 많은 사랑을 받아도 그 사랑을 흡수할 수 없다. 그리고 내가 사랑을 바라는 사람들은 어떠한 모습의 나라도 사랑할 것을 믿는다.

힘든 시기에 가장 위로가 되는 말은
잘될 거라는 말이 아니었다.

아무것도 되지 않아도 괜찮다는 말이었다.

어떤 모습의 나여도
변함없이 사랑하겠다는 말과 다름없어 안도했다.

실패해도 괜찮다는 말에
움츠린 어깨가 조금은 펴졌다.

때때로 닥쳐오는 시련에 맞설 힘을 주는 건
사랑이었다.
이대로도 괜찮다는 믿음과
단지 조금 더 나은 사람이 되기 위한
노력일 뿐이라는 사실이 오늘의 실패를 위로한다.

실패까지 사랑해 주는 이들 덕에
나는 한 번 더 도전할 용기가 생긴다.

치열하게
지켜 낸 심지

올곧은 성미의 사람을 동경한다. 어떠한 상황에서도 한결같이 선함을 지키려 애쓰는 사람들. 알아주지 않는 환경에 의해 저버릴 수도 있었으나 끝내 곧은 심지를 지켜 낸 사람들. 예전에는 그들과는 다른 내가 부끄러워 질투와 동경이 뒤섞여 그들을 바라봤다. 그들의 곧은 마음은 타고난 것인 줄 알았다. 하지만 가까이에서 바라보니, 그들도 순간순간 흔들리는 마음을 붙잡고 살아가는 것이었다. 올곧은 마음을 유지하기 위해 자신을 몰아세웠던 것이다.

어쩌면 나는 그들만큼 노력할 자신이 없어 함부로 오해했는지도 모르겠다. 그들의 분투를 지켜보며, 나는 나의 이기심과 싸워 나갔다. 치열한 노력 끝에 구겨진 마음을 조금씩 펴 나갈 수 있었다. 나의 모순과 위선을 감내하며 내가 생각하는 '선'을 추구하고 있다. 한 점의 이기심도 들어가지 않는 건 사람이기에 불가능할지도 모른다. 그럼에도 쉽게 빠져들 수 있는 이기심을 억누르고 선을 추구한다. 나 자신과의 싸움에서 끝내 이겨 낼, 선한 나를 응원한다.

나다움을
키워 가는 여정

매사에 건조해진 나를 발견하고는 성장했다고 여기던 시절이 있었다. 그럴수록 나는 더욱더 냉소적이고 건조해지고 싶어 했다. 설렘이 없으면 실망도 없고, 건조한 마음은 안전한 테두리 밖 세상의 호기심을 지워 주니까. 아무런 동요 없는 하루하루를 보내고 싶어 감정이 메말라지기를 바랐다. 돋아나는 나를 꺾어 버리는 일인지도 모르고.

그것은 성장이 아니라 회피였다. 나를 숨기고 진심을 가려, 진정으로 원하는 것들을 마음속 깊이 묻어 두었다. 나는 사실 바다 같은 세상이 궁금하고 그곳에 흠뻑 빠지고 싶었다. 사람들 틈에서 마음껏 사랑을 주고받으며 살아가고 싶었고, 모자란 부분을 있어 보이는 척 덮는 게 아닌 본연의 내 모습대로 사람들 앞에 서고 싶었다.

그리하여 지금의 나에게 성장은 나다움을 키워 가는 모든 여정을 기꺼이 받아들이는 일이다. 상처가 두려워 나를 감추는 대신, 내가 진정 원하는 세상 속으로 한 걸음 더 들어가는 것이다. 좌절의 가능성에 주저하지 않고 기꺼이 설렘을 끌어안으며 자유롭게 세상을 유영하고 싶다. 안전한 테두리 안에 머무르며 건조해지기보다 나라는 존재 그대로 흠뻑 젖어 드는 삶을 살아가야겠다. 내가 원하는 삶의 모습이 내게 깊숙이 스며들 수 있도록.

침잠을 향한 긍정

나는 나의 침잠을 긍정한다. 세상이 요구하는 궤적에서 벗어나는 선택은 나를 지키기 위해 어렵사리 내린 결단임을 알기 때문이다. 그래서 해야 할 일을 잠시 내려놓는 사람에게는 감히 나약하다고 말할 수 없다. 오히려 스스로를 사랑하는 사람만이 할 수 있는 용기 있는 선택이다. 세상의 속도보다 자기만의 속도가 더 중요하다는 걸 아는 사람이다.

나아갈 용기만큼이나 멈출 용기도 필요하다. 내가 정한 속도보다 조금 느려도 괜찮다는 대담함. 누군가 나를 앞질러도 애초에 우리의 길이 다르다는 사실을 깨닫는 현명함. 나를 지키는 방식은 잠시 멈추어 나 자신을 돌보는 순간에 있다. 침잠 속에 있는 순간은 나와 연결되는 시간이 되어 준다. 물속에 잠긴 듯 외부와 차단되어 나만의 고요에 몸을 맡기는 시간이다. 외부의 소음에서 벗어나 오직 내면의 소리에 귀 기울일 수 있다.

　바라건대, 멈출 용기를 잃지 않기를. 그마저도 나만의 속도임을 잊지 않기를. 멈춘 자리에서도 여전히 나를 사랑할 수 있기를.

오롯이
나를 위한 선택

인생이 무료했다. 새로운 것을 경험해도 시큰둥했다. 그저 하루 체험하는 정도로 그치리라는 사실을 알아서였을까. 마음을 이끄는 것이 없었다. 아니, 사실 하고 싶었던 일은 있었지만 할 수 없다고 생각했다. 나이를 운운하고 안정성을 앞세우며 주변 사람들을 의식하다 보니 마음을 이끄는 일에서 서서히 도망치게 됐다.

길마다 놓인 보초병을 피하다 보면 어느새 하나의 길을 선택할 한 줌의 자유만이 남겨졌다. 나는 학창 시절에 그토록 바라던 어른이 되었으나, 여전히 정답을 추구하는 학생이었다. 몸은 자유로웠지만 마음은 묶여 있었다.

가슴이 외치는 것을 이제껏 선택하지 못한 이유는 두려움 때문이었다. 세상이 말하는 기준에 부합하지 못하는 사람이 될까 봐. 이도 저도 아닌 무가치한 존재가 되어 버릴까 봐. 사랑하는 사람들이 나를 걱정하고, 나를 방황하는 사람으로 인식할까 봐. 더는 나를 사랑하지 않게 될까 봐. 내 앞날을 꾸려 가는 데 가장 많이 고려한 건 나를 제외한 사람들이었다.

이제라도 나의 인생을 위해 선택하고 싶다. 다른 이들을 의식하느라 놓쳐 버린 기회가 너무나 많다. 흘려보낸 세월이 너무나 길다. 똑같은 후회를 하지 않기 위해 돌아가더라도, 길을 잃더라도 자유롭게 선택하고 기쁘게 책임지고 싶다.

나는 그냥 나이고 싶다. 잘 살든 못 살든, 대단한 업적을 남기든 그렇지 않든, 인정을 받든 받지 못하든, 그저 나로서 내가 가고 싶은 길을 탐색하고 모험심을 가득 안은 채 걸어 나가고 싶다.

나를 지켜 준 나

더 이상 추락하지 않는다. 깊은 구렁텅이에 떨어져 방황했던 순간이 몇 번이고 있었지만, 지난 몇 년간은 특유의 혼돈과 좌절을 겪지 않았다. 여러 이유가 있으나 그중에서도 나를 돌보는 방법을 터득한 것이 가장 결정적이다. 우는 아기를 처음 달래 보면 무엇을 원하는지 몰라 허둥지둥하게 되고 생뚱맞은 것을 가져다주기도 한다. 도무지 달래지지 않는 아기를 보며 곤혹스러운 부모는 아이와 함께 울기도 한다. 하지만 시간이 지나면 자연스레 알아차리게 된다. 아이가 언제 우는지, 울음소리는 어떻게 다른지, 어떤 몸짓을 하는지 등을 파악하면서 상황에 따라 능숙하게 대처할 수 있게 된다.

나를 보살피는 것도 마찬가지다. 처음에는 내가 무엇을 원하는지 정확히 알지 못해 헤매지만 질문과 관찰, 기록과 사색을 통해 나에 대해 알아 가고 나를 돌보는 방법을 익히 게 된다.

나는 어릴 때부터 '나 사용법'이라는 메모장 폴더를 만들 어 놓고, 나에 대해 새로운 걸 알게 될 때마다 하나씩 기록 해 왔다.

1. 나는 이분법적이다.
1-1. 흑과 백으로 세상을 바라보지 말자. 회색 논리에 익숙해지기.
2. 나는 미안하면 화를 낸다(정말 왜 이러는지 모르 겠음).
2-1. 심각하게 생각하지 말고, 인정하고 사과하면 된 다. 사과는 빠를수록 좋다.
3. 우울하거나 여유가 없을 때는 혼자 있고 싶어 한다.
3-1. 최대한 다른 이들을 의식하지 말고, 혼자 있는 시 간을 확보하기.

나와 대화하는 시간을 통해 내가 어떤 사람이고, 어떤 것 을 원하며, 어디로 가고 싶은지 알게 되었다. 나에게 질문 을 던지고 세심히 관찰한 순간이야말로 내가 흔들리지 않도록 뿌리를 내리게 한 시간이 되었다. 나를 가장 잘 이해하고 지켜 줄 사람은 결국 나 자신이다. 나는 나의 동행자이자 나를 성장시키는 조력자다.

나를 지탱해 준 수많은 관계도 크나큰 힘이 되어 주었지만, 이제까지 나를 잘 보살펴 준 나 자신에게 이 공을 돌리고 싶다. 수많은 혼란과 좌절 속에서도 나를 지켜 준 나에게 고맙다.

나를 믿는다.

그저 나라는 이유만으로 나 자신을 믿는다.

이 믿음은 나에게 무언가를 해낼 용기를 준다.

세상이 나에게서 등을 돌리는 순간에도

전적으로 나를 믿고 지지하고 싶다.

무조건적인 지지는

그 누구도 아닌

오직 나에게서만 얻을 수 있으니까.

과거의
내가 주는 용기

세상이 무너지는 듯했던 시련과
숨넘어갈 듯 서럽게 울던 날들,
무엇도 해낼 수 없을 것만 같던 좌절을 건너
지금의 내가 있다.

이제는 불안과 멀어져도 되지 않을까.
이미 숱한 어려움을 이겨 낸 나인데.
이제는 자신감을 가져도 괜찮지 않을까.
무겁게 짓누르던 두려움과 맞서 싸워 이겨 낸 나인데.

나는 이미 숱한 고난을 헤쳐 왔고
앞으로도 그렇게 이겨 낼 것이다.

지나온 시간이 나에게 용기를 준다.
그러니 이제는 나를 믿어 주고 싶다.

늘 그래 왔듯, 나는 나만의 정답을 찾아갈 테니.

우리는 바라는 만큼
달라질 수 있다

"나는 원래 그래."

"쟤는 원래 그래."

한때 나는 우리의 가능성을 '원래'라는 단어로 재단하곤 했다. "나는 원래 그래, 저 사람은 원래 저래." 나는 변할 수 없다고, 저 사람은 달라질 수 없다고 단정 지었다.

누구에게나 쉽게 고쳐지지 않는 부분이 있다. 작은 일에도 쉽게 불안해진다거나, 타인을 과하게 경계하는 습관이 있다거나, 밝은 나를 원하지만 마음처럼 일순간 달라지지 않을 수 있다. 하지만 이 모든 것을 원래 그렇다는 한마디로 묶어 버릴 때, 우리는 말 속에 갇히게 된다. 변화의 가능성을 닫아 놓으니 더 나은 모습을 상상할 수 없게 되는 것이다.

사람은 변할 수 있다고 확신한다. 우리는 그리는 만큼의 나를 만날 수 있고 바라는 만큼의 미래를 얻을 수 있다. 변화를 시도하는 것은 두렵기도 하지만 그럼에도 소망과 희망을 가슴에 품고 한 발 내디뎌 보자. 그 걸음의 끝에서 바라던 내가 나를 맞이할 테니까. 실패를 두려워 말고 내가 되고자 하는 나를 꿈꾸며 나아가자.

"나는 변할 수 있는 사람이야."
"내가 바라는 모습으로 향할 수 있어."

미움 속에서
지켜 내는 사랑

자신을 사랑하기 위해서는 많은 혼돈을 견뎌 내야 한다. 실패의 순간, 무기력하게 무너지는 나를 바라볼 때면 미움은 순식간에 마음을 파고들어 나를 향한 사랑을 희미하게 만든다. 그렇기에 사랑은 노력이다. 미움을 품는 건 순식간의 일이지만, 사랑을 키우는 건 오롯이 나의 선택이다. 내가 미워질 때조차 그 감정을 이겨 내고 나의 모습을 받아들이려 애써야 한다. 어떠한 모습의 나라도 이해하고 포용하는 노력이 쌓일 때 사랑은 천천히 마음에 뿌리를 내린다. 사람은 여러 겹의 감정을 품는 존재이다. 나에 대한 실망, 미움, 책망, 사랑이 뒤섞이는 혼돈 속에서 사랑을 선택해야 한다. 마음이 혼란해도 나에 대한 사랑을 굳건히 지켜 내고 싶다. 쉬운 미움보다 어려운 사랑을 선택하는 내가 되기를. 그리고 혼돈에 빠져도 사랑을 지키는 우리가 되기를.

경험을 통해
나를 알게 된다

경험의 폭을 넓힌다는 건 나에 대해 알아 갈 기회를 얻는 일이다. 내가 어떤 것을 좋아하고 싫어하는지, 무엇을 의미 있게 여기며 어디에 더욱 가치를 두는지 알게 된다. 그렇게 경험을 통해 나만의 정답이 만들어진다. 세상이 말하는 정답이나 타인이 생각하는 정답이 아닌, 나만의 기준에 따라 선택하는 힘이 생긴다. 나만의 정의로 세상을 바라보는 시선이 생기는 것이다.

돈을 버는 경험은 돈이 나에게 어떤 의미인지, 돈보다 중요한 가치는 무엇이 있는지 알게 한다. 사랑을 하는 경험은 사랑이 무엇인지, 나는 어떤 형태의 사랑을 추구하는지, 사랑이 나에게 얼마나 중요한지 깨닫게 한다. 다양한 사람을 만나는 경험은 내가 어떤 결의 사람과 잘 맞는지, 내가 추구하는 관계는 어떤 것인지 알게 한다.

우리는 경험을 통해 진정으로 깨닫게 된다. 세상이 말하는 정답이 나에게는 정답이 아닐 수 있고, 누군가 좋다고 말하는 방향이 나에게는 맞지 않을 수 있다. 좋은 것과 나에게 잘 맞는 것은 다르다. 나만의 길을 굳건하게 가려면 내가 어디로 가고 싶은지를 알아야 한다.

나를 삼키지
못하는 파도

시련은 외부에서 찾아들지만
나를 진정 가라앉게 만든 건 내면의 목소리였다.

"거봐, 안 될 줄 알았어."

내가 나를 믿지 못할 때
내가 나를 책망할 때
가능성의 문을 내 손으로 굳게 잠갔을 때
나는 난파된 배와도 같았다.

타인의 부정적인 평가나
의심의 눈초리보다 무서운 건 나를 향한 불신이다.

나에 대한 믿음이 있고
언제까지나 나를 지지하는 내가 있다면
시련과 실패, 슬픔은
그저 삶에 몰려온 파도에 불과하다.

이 모든 시간은 내가 겪어야 할 일이고
내가 넘어서야 할 파도일 뿐이다.

파도 위에 올라타
흔들리는 나를 탓하지 말자.

우리는 결국 이 파도를 넘어서고야 말 것이다.

나는 나의
전부이기에

나 자신이 미워질 때면 잘 살아 낼 의지를 잃게 되었다. 어떠한 이유로든 내가 미워지면 나는 내 편이 되길 거부했다. 그렇게 나는 내 편 하나 없는 외톨이가 되었고 누구도 믿어 주지 않는 무능력자로 전락했다. 아무것도 할 수 없을 것만 같아 불안에 떨었고 걱정을 회피하기 위해 집착스레 잠에 빠져들었다. 깨어 있을 용기조차 없어 낮과 밤의 구분 없이 잠만 잤다.

그 시기에 다시금 살아갈 의지가 생겼던 것은 그런 스스로가 안쓰러워지는 자기 연민 덕이었다. 외로움에 눈물 흘리는 내가, 아무것도 할 수 없을 것이라고 지레 겁먹는 내가 안타까워 마음을 내어 주었다.

어쩌겠어, 나로서 살아가야지.

나마저 나를 외면하지 말아야지.

나만은 나를 아껴야지.

그렇게 다짐하면 거듭 잘 살아 볼 수 있을 것 같은 자신
감이 차올랐다. 그제야 비로소 세상을 살아갈 힘이 생겼다.
내가 나에게 등을 돌리면 삶이 시들고, 내가 나를 바라보면
삶이 피어난다. 내가 없는 삶은 존재할 수가 없다. 나는 나
에게 전부라서, 그래서 나는 나를 사랑해야 한다.

타인에게 미움을 드러낸다는 것은

어쩌면 그 사람에게서 멀어질 각오가 섰을 때

가능한 일일지도 모른다.

그러나 나 자신에게는 다르다.

나는 나로부터 떠날 수 없다는 것을 알기에

이토록 쉽게 나를 미워했던 것일까.

어떤 일이 있어도 나와는 끊어지지 않는다는 걸 알기에

한 치의 망설임도 없이 책망의 말을 뱉었던 것일까.

무기력이라는
구덩이

모든 순간을 불태워야만 한다고 믿던 시절, 쉼은 곧 나태였고 열정을 쏟지 않는 나를 발견하면 스스로 게으르다고 질책했다. 조금의 여유도 허락하지 않은 채 달리다 보니, 어느새 몸과 마음은 완전히 지칠 대로 지쳐 버렸다. 그렇게 기진맥진한 나를 이끌고 애써 나아가다가 작은 구덩이에 빠지고 말았다. 예전의 나였다면 거뜬히 넘었을 낮은 구덩이에 떨어져 그 속에 꼼짝없이 갇혀 버렸다. 마지못해 그곳에 주저앉고서야 비로소 쉬는 법을 배웠다.

무기력이라는 구덩이 속에서 그동안 달려온 시간을 되짚어 보았다. 해내야만 한다는 생각으로 하루하루를 해치우듯 살다 보니 언제 행복했냐는 물음에 쉽사리 떠오르는 순간이 없었고 무엇을 좋아하냐는 물음에도 편히 답하지 못했다.

해야만 한다는 압박에서 벗어나 나를 찬찬히 관찰하기 시작했다. 오늘 나는 어떤 순간에 미소 지었는지, 어떨 때 충만함을 느꼈는지, 앞으로 어떤 길을 걷고 싶은지 적어 나갔다. 처음에는 한 글자도 채 적기 어려웠지만 나의 마음을 들여다볼수록 그간 알지 못했던 새로운 모습과 진정 원하는 미래를 차곡차곡 기록하게 됐다. 오롯이 나의 마음을 살피다 보니 아무것도 할 수 없을 것만 같던 무기력이 자취를 감췄다.

무기력이라 여겼던 그 시간은 나를 더 알아 가는 기회가 되어 주었다. 이제는 아무것도 하고 싶지 않은 순간이 찾아올 때면 나에게 묻는다. "지금 이 순간, 내가 진정 바라는 것은 무엇이지?"

애틋한 노력

결과만 바라보며 나를 몰아세우던 시절이 있었다.
성과가 만족스럽지 않을 때면
그동안 애써 왔던 시간들은 전부 잊고서
더 잘했어야 한다는 자책 속으로 나를 내몰았다.

하지만 나의 노력을 바라봐 준 순간,
내 모든 시간이 애틋하게 다가왔다.

비록 아쉬운 결과를 맞이했더라도
나는 최선을 다했다는 사실을 알고 있다.
아무도 알아주지 않더라도
나만은 나의 치열한 분투를 알기에
어떤 결과라도 받아들일 수 있다.

결과가 아닌 과정을 바라볼 때
나의 모든 노력은 비로소 의미를 가진다.

착실히 쌓아 올린 노력은
화려한 성공은 아닐지라도
나를 단단하게 만들어 주는 과정이다.

나는 오늘도 묵묵히 한 걸음 나아간다.
내가 나를 온전히 인정해 주는 밤을 위하여.

결국 행복은 찾아올 거야

불확실성은
무한한 가능성이니까

설렘을 지키기 위해 나만의 '상상 공장'을 만들었다. 오만 가지 공상을 옮겨 적으며 언젠가는 이루어질지 모른다고 오두방정을 떠는 공책이다. 이 공책을 만든 이유는 삶에 활력을 불어넣기 위함이었다. 언제부터인가 예전처럼 가슴 떨리는 일이 떠오르지 않았다. 전에는 누군가 하고 싶은 일을 물어보면 상기된 얼굴로 부푼 꿈을 쉴 새 없이 재잘거렸는데, 요즘은 무엇을 하고 싶은지 곰곰이 생각해야 간신히 몇가지를 말하게 된다. 그마저도 현실적으로 이루어질 만한 것들뿐이다.

사실 하고 싶은 것은 많았으나 한낱 공상에 불과하다고 치부했기에 선뜻 말하지 않았다. 현실성이 없다며 모든 상상의 싹을 잘라 버리고 나니 하고 싶은 일이 없었다. 금전적 이득이 따르지 않는 일이라면 오직 내가 원한다는 이유 하나만으로 시간을 써야 한다. 하지만 현실적인 문제로 하지 않아야 할 이유와 이루어지기 어려운 조건은 셀 수 없이 많다. 그래서 나는 돋아나는 미래에 대한 설렘이 피어나기도 전에 미리 잘라 버렸다.

하지만 상상이야말로 현실이라는 딱딱한 세계를 말랑하게 만들어 준다. 생각해 보면, 나는 내가 딱 상상한 만큼 바뀌어 있었다. 누군가는 불가능하다고 단정 지은 일이 실제로 이루어진 날도 있고, 나조차도 허무맹랑한 상상이라고 생각했던 일이 기적처럼 실현된 적도 있다.

우리는 상상을 기반으로 세상을 만들어 낸다. 설레는 마음으로 미래를 그리던 어린 시절처럼, 나의 미래를 기대하고 싶다. 불확실성은 무한한 가능성의 다른 이름이다. 나는 나의 불확실성에 기뻐하며 마음껏 상상의 나래를 펼치고 싶다.

분투의 흔적

지난 분투의 흔적은
나를 지켜 주었다.

불안과 좌절,
혼란과 절망의 구렁텅이에서
아득바득 기어 올라왔던 흔적들이
구렁텅이에 빠진 나를 위로한다.

흔적이 남았다는 건
이번에도 기필코 올라갈 수 있다는
증명이 되어 준다.

다시금 좌절하는 순간이 두렵지 않다.
나는 짧게 슬퍼하고
다시 올라가려 애쓸 테다.

불완전하기에 무너질 수 있다.
높이 올라갔기에 떨어질 수 있다.
그 모든 좌절과 절망까지
나아가는 여정이라는 걸 안다.

잠시 쉬었다가
다시 세상으로 나아가면 된다.

노력이 없는 곳에는 좌절도 없다.
지금의 힘듦은 그만큼 간절히 노력했기 때문이다.
지금의 슬픔은 어쩌면
지난 노력에 대한 애도일지도 모른다.
충분히 아파해도 괜찮다.
그 모든 시간과 열정을 떠나보내는 일은
결코 쉽지 않을 테니까.

하지만 기억하자.
어느 날 불현듯
당신의 마음을 사로잡는 일이
다시 찾아올 것이다.
그 순간, 다시 깊숙이 매료되어
노력할 날이 올 것이다.
지금의 아픔은 끝이 아니라,
새로운 시작을 준비하는 과정일 뿐이다.

혼자서도
행복한 시간을 보내려면

혼자 있는 시간을 잘 보내기 위해서는
먼저 자신을 사랑하는 방식을 익혀야 한다.

나와 함께하는 시간이 불편하면
고독은 공허함으로 다가온다.
나를 누군가가 채워 주길 기대하게 되고
타인과 함께여야만 나의 시간이 풍성해진다고 믿게 된다.

하지만 내가 나를 좋아하게 되면
혼자 있는 시간은 나를 위한 특별한 순간으로 바뀐다.
그때의 고독은 더 이상 견디는 시간이 아닌,
나에게 집중하는 시간으로 변화한다.

나를 사랑하는 마음으로
내가 무엇을 통해 행복을 느끼는지 찾아가고
어떤 것을 하며 즐거움을 느끼는지 알아 가야 한다.

결국 행복은 찾아올 거야

그렇게 나를 관찰하고 마음의 대화를 나누며
혼자서도 시간을 풍성히 채우는 방식을 익히게 된다.

스스로를 행복하게 만드는 방식을 익힌다면
외로움에 지지 않을 힘을 얻게 될 것이다.

이유 없는 사랑

누군가에게는 이상한 사람, 누군가에게는 특별한 사람, 누군가에게는 함께하고 싶지 않은 사람, 누군가에게는 없어서는 안 될 존재, 누군가에게는 미운 사람, 누군가에게는 사랑스러운 사람, 누군가에게는 우스꽝스러운 사람, 누군가에게는 배려 넘치는 사람, 누군가에게는 예민한 사람, 누군가에게는 섬세한 사람. 그렇지만 그 모두가 나이다.

누군가에게는 인생의 전부와 같은 꿈을, 누군가는 조롱하기도 한다. 누군가에게는 세상의 전부와 같은 이를, 누군가는 무시하기도 한다. 어떤 이들은 나를 외면하고, 어떤 이들은 나를 환대한다. 어떤 이들은 나를 이유 없이 미워하고, 어떤 이들은 나를 이유 없이 사랑한다.

세상은 나를 각기 다른 모습으로 해석하지만, 그 모든 모습이 결국 나다. 모두에게 사랑받을 수는 없다. 그러니 나를 의심하지 말고, 나의 존재를 폄하하지도 말고, 나를 환대하는 이들의 품속에서 살아가자. 나라는 존재를 이유 없이 사랑해 주는 사람들 틈에서 행복하자.

거리 위의 소녀

집이 최고라는 어른들의 말을
이해할 수 없었던 소녀는
거리를 배회했습니다.

더운 날이면 나무 밑 그늘에 몸을 숨겼고,
날이 좋으면 정글짐 꼭대기에 앉아
뉘엿뉘엿 해가 지는 걸 보았고
비가 오는 날이면 어느 건물 처마 밑에서
떨어지는 비를 멍하니 바라봤습니다.

해가 저물고
어둑어둑한 세상이 두려워지면
집으로 발걸음을 옮겼습니다.

몸을 뉘는 집은 있었지만
마음을 뉠 수 있는 공간은 없었습니다.

내 방은 있었지만
나의 공간은 없었습니다.

그 습관이 남아서일까요.

아무도 없는 집이지만,
힘든 날이면 집으로 돌아가지 못하고
거리를 서성입니다.

여전히 그 소녀는 거리에 있습니다.

사진 속의 나

마음이 힘든 날이면 사진첩을 둘러본다. 행복은 내게서 한참 멀어진 듯하고, 홀로 남겨진 것만 같은 기분에 괜스레 서글퍼지는 날. 사진 속에서 명랑히 웃고 있는 일주일 전의 나를, 친구들과 어울려 즐거워 보이는 나를, 내 생일을 축하해 준 소중한 이들을 마주한다. 망각의 동물에게 사진은 가장 확실한 증거가 되어 준다. 울고 있는 내게 환히 웃는 나를 보여 주고, 서글픈 내게 혼자가 아님을 증명해 준다. 아, 이렇게 좋은 시간을 보냈지. 내 곁엔 소중한 사람들이 이렇게나 많지. 나는 맑고 환히 웃는 사람이었지. 잊고 있던 날과 나를 기억하게 해 주는 소중한 사진. 그래서 나는 사진을 찍는다.

삶의 채도를
높이는 방법

취향은 삶의 채도를 형성한다. 방의 분위기를 결정하는 가구와 소품처럼 내가 즐기고, 좋아하고, 가까이 두는 것들이 내 삶의 색감을 만든다. 나만의 취향을 갖는다는 것은 삶의 채도를 높이는 방법이 된다. 내가 좋아하는 것이 분명하면 세상의 기준에 휩쓸리거나 타인의 선택에 흔들리지 않게 된다. 누군가 나의 취향에 반감을 갖더라도 괜찮다. 내가 좋아한다는 이유 하나로 충분하기 때문이다. 취향은 곧 나의 기준이고 색깔이다. 내가 좋아하는 것들을 지킬 수 있도록 마음의 끌림에 따라 선택하고, 나만의 취향을 만들어 가고 싶다. 선명한 시선으로 세상을 바라보며 나의 색깔을 더 짙게 채워 가는 삶. 그게 내가 바라는 모습이다.

끝내주는 실패를 위한 도전

H와의 카톡방에는 이런 공지가 걸려 있다.

[희망도 절망도 없이 실패할 것]

H는 나와 같은 가치를 향해 함께 나아가는 길벗이다. 우
리는 같은 길을 걸으며 함께 헤맸다. 지름길이라 믿고 나아
갔지만, 곧 다른 길일지도 모른다며 방향을 틀었다. 이쪽으
로 달리다가, 저쪽일지도 모른다는 기대를 품고 고장 난 다
리를 이끌었다. 결과적으로 우리는 길의 끝에서 절망을 마
주했다.

해야 할 일을 해내면 행복한 미래가 기다리고 있을 줄
알았건만, 해냈을 때는 시시했고 해내지 못하면 낙담했
다. 해야만 한다는 부담 속에서 우리의 진짜 꿈들은 기약
없이 밀려났다. "생활이 안정되면, 이번 일이 끝나면, 내년

결국 행복은 찾아올 거야

에……" 꿈을 유예한 사이, 해야 할 일은 계속해서 생겨났고 우리의 꿈은 점점 희미해져 갔다.

불안도가 높은 나와 H는 세상이 말하는 기준에 부합하면 불안이 잠재워질 줄 알았지만, 되레 우리의 존재가 꺼질 위기에 처해 버렸다. 그래서 우리는 이렇게 선언했다. 희망도 절망도 없이 실패할 것.

성공이 아닌 실패에 초점을 맞춘 이유는 단순하다. 성공을 바라면 압박감에 짓눌리고, 욕심을 부릴수록 순수한 즐거움을 잃게 되기 때문이다. 실패를 목표로 삼는다는 것은 자유롭고 즐겁게 해도 괜찮다는 허용이었다.

그래서 이제 나의 목표는 끝내주는 실패를 겪는 것이다. 가장 크게 실패하려면 내가 간절히 원하는 일을, 아주 열심히, 성실하게 해야만 가능하다. 나는 실패를 위해 도전하기 때문에 아무것도 두렵지 않다. 도전하는 과정에서 순수한 즐거움을 느끼고 실패를 통해 배움을 얻는다. 절망 없는 실패라면, 나는 바랄 것도 두려워할 것도 없다. 그래서 나는 오늘도 끝내주는 실패를 위해 도전한다.

Part 3.

결국
함께 걸을
인연이라서

나다움이라는 꽃

나를 나답게 만들어 주는 사람들이 있다.
어리광 부리는 나를 알고 있는 이들 앞에서는
잔뜩 유치해질 수 있고
시시콜콜한 이야기를 늘어놓을 수 있다.
품고 있던 고민을 안주 삼은 술자리.
내 생각의 결을 존중해 주는 다정한 대화.
받아들여지는 느낌이 드는 관계.
이러한 인연들 덕분에
나다움을 유지하며 살아가고 있다.
"너라서 좋아."라고 말하는 듯한 환대가 좋다.
나를 보여 주고 받아들여지며
나는 안도한다.
아, 그들은 나의 햇살이었다.

서로의 마음에
기대어 쉴 수 있도록

사람을 진정 힘들게 하는 건 마음을 나눌 수 있는 사람이 단 한 명도 없다는 설움과 외로움이다. 가장 힘들었던 시절, 어려운 상황 자체보다도 힘겨웠던 것은 내 마음을 알아주는 사람이 아무도 없다는 사실이었다. 처절하게 혼자라는 사실이 살갗을 파고들 때, 나는 그만 모든 걸 놓아 버리고 싶었다.

우리는 시련 그 자체, 즉 상황만으로는 쓰러지지 않는다. 마음을 알아주는 한 사람만 있다면 어떤 일이든 그런대로 이겨 낼 만한 일이 되고, 함께 이겨 내다 보면 다시 희망을 틔우게 된다. 실리적인 도움을 주지 못하더라도, 힘듦을 단번에 날려 주는 위로의 말이 아니더라도, 그저 곁에 있어 주는 온기만으로 큰 힘이 된다. 어쩌면 사람이 마음을 누일 수 있는 곳은 다른 이의 마음밖에 없을지도 모르겠다.

서로의 마음을 잘 보살피며 살아가자. 아무리 가까운 사이일지라도 자주 마음을 살피고, 속내를 털어놓을 깊은 대화를 나누자. 무거운 삶의 무게를 홀로 감당하며 외로움의 늪에 빠지지 않도록 서로의 마음을 어루만져 주자.

다정함의 정원

나를 알아주는 한 사람만 있어도
살아갈 수 있지만

그럼에도 다양한 인연을
만들어 가는 이유는
더 '잘' 살고 싶어서가 아닐까.

두 사람
세 사람
그보다 많은 사람과
우리만의 행복한 세상을 만들어 가고 싶어서.

구태여 최소를 고집할 필요는 없으니
서로에게 좋은 사람이 되어 주며
우리만의 좋은 세상을 만들어 가고 싶다.

꽃 한 송이도 좋지만
꽃의 정원 속에서 살아가고 싶다.

그러니까
우리 무해하고 다정해져요.

두터운
인연의 끈

언제 만나도 여전한 사람이 있다. 오랜만에 보아도 그간의 공백이 무색할 정도로 자연스레 마음이 이어지는 사람. 함께하지 못했던 시간은 금세 새로운 이야기로 채워지고, 어제 만난 친구처럼 편안한 존재로 다가오는 사람. 연락이 뜸해도 서로를 응원하고, 각자의 자리에서 치열하게 살아가고 있음을 이해하는 그런 관계. 언제든 나를 환대해 주기에 편안하게 연락할 수 있는 인연. 비록 자주 보지 못해도 그 마음은 변함없고, 그저 존재만으로도 위로가 되는 사람.

질긴 인연의 끈으로 묶여 있다는 확신은 각자의 삶을 힘차게 살아갈 수 있게 만든다. 언제든 돌아올 수 있으니까. 세상에 단 한 명이라도 나를 열렬히 응원하는 사람이 있다는 사실은 그 자체로 살아갈 이유가 된다.

사랑하는 존재들이 많아질수록
강인해져야 한다는 걸 느낀다.

그들의 아픔에 흔들리지 않고 곁을 지킬 힘.
우리의 관계에 지치지 않는 단단함.
다가오는 이별을 감내하는 의연함.

나보다 아끼는 존재,
나를 바쳐서라도
지키고 싶은 이들이 많아진다는 건
때론 나를 무겁게 하지만
기꺼이 그것마저 감내할 만큼
당신들을 사랑한다.

언제나 당신들의 힘이고 싶다.

슬픔을 나누면
안다

웃는 얼굴에는 바글바글 모였던 사람들이
우는 얼굴에 홀연히 사라진다.

웃는 얼굴이 좋아서였을까,
우는 얼굴이 싫어서였을까.

같이 웃을 사람은 많은데
함께 울어 줄 사람은 없다.

눈물을 드러내면 알게 된다.

나의 슬픔을 보고 등을 돌리는 사람과
더 굳건히 곁을 지켜 주는 사람을.

슬픔을 드러내면 알게 된다.

나를 진심으로 사랑하고
진정으로 아껴 주는 사람을.

친밀의 증표

가장 다루기 어려운 감정은 단연 서운함이다. 서운함은 관계 속에서 피어나는 감정이라 혼자서 아무리 끙끙거려도 해소되지 않는 상황이 있기 마련이다.

대개 서운함은 상대가 나의 마음을 알아주고 다독여 주면 눈 녹듯 사라진다. 누구에게나 그런 경험이 있을 것이다. 토라진 마음을 풀어 주는 한마디에 피식 웃게 되는 순간. 요동쳤던 마음이 순식간에 가라앉아 머쓱해지기까지 하는 순간.

하지만 서운한 부분을 아무리 이야기해도 알아주지 않으면 속마음을 털어놔도 달라지지 않을 거라는 생각에 점차 감정을 삼키게 된다. 그렇게 쌓인 서운함이 사랑보다 커져 버리는 순간, 관계는 조금씩 금이 가기 시작한다.

서운함은 아무에게나 생기지 않는다. 마음과 마음이 닿아 있는 상대에게만 피어난다. 애정이 없는 관계에서는 싹트지 않는 감정이기에, 서운함은 친밀의 증표이기도 하다. 서운함이 찾아왔을 때 서로의 감정을 보듬는 일은 생각보다 어렵지 않다. 상대의 마음을 존중하고 그 마음을 받아들이는 태도, 더 나아가 함께 방법을 찾아보려는 작은 노력만으로도 관계는 달라질 수 있다. 서로의 서운함을 따뜻하게 이해하고 보듬을 수 있다면, 서운함은 여전히 서로를 사랑하고 있음을 증명해 주는 다정한 꽃으로 새로이 피어날 것이다.

방어 기제

고백하자면 나는 누구보다 혼자 잘 살기를 바랐던 사람인데, 그 이유는 의존적인 사람으로는 내가 바라는 이상적 관계를 이룰 수 없다는 것을 깨달았기 때문이다. 나는 애절하게 함께하고 싶어 고집스레 혼자가 되었다. 독립적인 존재로서 마음을 나누고 삶을 공유하고 싶었다.

곁에 있는 사람에게 나의 무거움을 와락 토해 내어 짐을 쥐여 주고 싶지 않았다. 나의 무거움 정도는 스스로 거뜬히 짊어질 수 있는 사람이 되어 너의 무거움을 잠시나마 들어 주고 싶었다. 바람과 달리 나는 너무도 약해 누군가 곁에 있으면 금세 어리광을 부렸고 기대고 싶어 했다. 그러지 말아야지, 혼자 이겨 내야지 다짐해도 마음처럼 되지 않았다.

홀로 굳건히 서서 마음을 나누고 민폐를 끼치지 않는 성숙한 관계를 이루고 싶다는 욕심에 도망치듯 그들을 떠났다. 돌아보면 조금 더 빨리 마음을 열지 못한 것에 아쉬움이 남는다. 불안정한 나를 받아들여 준 사람들에게 고마움을 느끼며 그 옆에서 함께 성장할 수 있었던 기회를 놓친 것에 대한 후회가 밀려온다. 놓고 온 사람들이 참 많다. 나에게 너무 잘해 주어 도망치듯 떠나온 사람들이 너무나 많다. 적절하게 기댈 수 있는 사람이었다면 좋았을 텐데. 부족한 나를 내가 견뎌 냈다면 멀어지지 않았을 텐데. 부족한 사람이라 미안합니다.

보고 싶습니다.

우리의 오늘을 두고두고 곱씹어 줄

누군가가 있었으면 좋겠다.

내일이 되면 오늘의 우리는 과거가 될 테지.

벅찰 정도로 행복한 오늘을 보내고 나면

내일이 부담으로 다가온다.

번번이 우리이길 택했지만

안전했던 어제에 얼굴을 묻고 싶어진다.

우리가 함께한다는 게

당연하지 않다는 걸 알기 때문이다.

서로 맞춰 가는 것의 의미

혼자만의 판단으로 마주 잡은 손을 놓는 사람. 나는 그런 사람이었다. 친구와 안 맞는 부분이 생기면 조용히 거리를 두었다. 마음을 나눌 친구가 한 명도 없다고 자조했지만, 사실 나는 친구의 진정한 의미를 알지 못했다.

사랑하는 사람에게도 별반 다르지 않았다. 여전히 사랑했지만, 우리의 다름을 발견하면 이로 인해 언젠가 헤어질 거라 단정하고 등을 돌렸다. 대화를 시도하지도 않고 오로지 혼자만의 판단으로 관계를 정리하곤 했다.

타인과 맞춰 가 본 경험이 없을 때는 맞추지 않아도 되는 사람을 찾아 헤맸다. 그때의 나는 나와 완벽히 잘 맞는 사람이 있을 거라 믿으며 나와 닮은 누군가가 나타나길 바랐다. 하지만 세상에 오직 하나뿐인 내가 있듯, 내가 마주한 사람도 한 명밖에 없는 고유한 존재였다. 누군가와 함께하기 위해서는 맞춰 가는 노력이 필연적임을 깨닫게 되었다. 타인과 함께하려면 여태 다른 길을 걸어온 우리의 차이를 인정하고 받아들이는 법을 배워야 했다.

돌아본다. 나는 그동안 노력 없이 편안한 관계만을 바랐던 건 아닐까. 나와 닮은 사람을 찾아 다툼과 불편함이 없기를 바랐다. 하지만 함께한다는 건 서로 같은 모양이 되는 게 아니라, 다름을 인정하고 서로를 이해하는 법을 익히는 일이었다. 저마다 다른 퍼즐 조각이 모여 하나의 그림으로 완성되는 것처럼 우리만의 조화를 이루는 일이었다. 이제야 나는 함께한다는 것의 진정한 의미를 알게 된 것 같다. 그것은 나를 넘어, 우리를 만들어 가는 여정이다.

오래도록
함께하고 싶기에

정말 친해지고 싶은 사람이 있으면 예의 바르게 솔직해진다. 무례하게 표현하는 것이 아니라, 나라는 사람을 진실하게 보여 주려 노력한다. 가끔 만나거나 심리적으로 거리가 먼 사람에게는 나를 조금 덜 보여 주고 적절히 장단을 맞춰 주는 일이 그리 어렵지 않다. 솔직히 말하자면, 불편한 상황이나 언쟁이 생겨 껄끄러워지는 것보다 좋은 게 좋은 거라는 생각으로 넘어가는 게 더 쉬운 일처럼 느껴지기도 한다.

하지만 끈끈하게 이어진 관계에서는 솔직하게 싫은 건 싫다고 말할 수 있는 용기가 필요하다. 나라는 사람을 알려 주는 것이다. 가령 장난으로 웃고 넘어갈 수 있는 수준도 사람마다 천차만별이다. 나는 길을 걷다 친구가 넘어뜨려도 웃을 수 있고, 친구가 나를 밀쳐서 옷에 커피를 쏟아도 괜찮다. 몸으로 티격태격하는 장난에는 더없이 관대하지만 말에 있어서는 예민하다. 자칫 상처가 될 수 있는 말장난은 장난으로 받아들이지 못하는 경우가 많다.

하지만 누군가는 나와 반대일 수 있다. 장난을 받아들이는 방식도 사람마다 다른데 얼마나 다양한 지점에서 차이가 있을 것이며, 얼마나 많은 대화를 거쳐야 이를 조율할 수 있을까.

서로에게 불편함이 움틀 수 있다는 걸 알지만, 솔직한 마음을 전한다. 오래도록 좋아하고 싶기 때문이다. 참고 참다가 우린 안 된다며 혼자 체념하는 미래를 원치 않는다. 대화의 여정이 적지 않은 시간과 감정을 쏟는 일이란 걸 알고 있으나, 그 노력이 있어야 관계의 끈끈함이 생긴다고 믿는다. 처음 우리를 이어 준 우연이라는 실에 함께 쌓은 시간과 대화, 우리의 감정과 마음이 얽히고설켜 두텁고 튼튼한 밧줄로 만들어지는 과정이라 생각한다.

물론 누군가는 나와 같은 성향의 사람을 싫어할지도 모르겠다. 싫은 부분을 말한다는 건 듣는 입장에서도 말하는 입장에서도 편한 일은 아니니까. 그렇지만 나는 자기표현을 자유롭게 주고받는 시간을 통해 견고한 관계가 만들어진다고 생각한다. 우리는 무슨 일이든 조율할 수 있으리라는 믿음이 생기면 어떠한 생각도 주저 없이 나눌 수 있게 된다. 마치 혼자라 여겼던 섬에서 뜻밖의 누군가를 마주친 듯한, 형용할 수 없는 반가움과 안도가 밀려온다.

앞으로도 싫은 건 싫다, 좋은 건 좋다고 말하며 지내고 싶다. 나와 함께하는 모두가 내게 편안히 자신의 마음을 표현할 수 있도록 태도를 취하는 것도 나의 몫이겠다. 마음껏 말해 달라고, 당신이 말하는 모든 것들을 귀 기울여 듣겠노라고. 그런 눈으로 마주한 이들을 바라봐야겠다.

좁힐 수 없는 거리

우리는 완벽하게 일치할 수 없기에 아무리 가까운 사이라 할지라도 좁혀지지 않는 거리가 있다. 때론 서로를 완벽하게 이해하고 맞닿을 수 없다는 사실이 아프다. 그렇지만 그 거리가 있어서 한 사람을 온전히 바라볼 수 있는 것인지도 모르겠다.

나는 가까울수록 상대방을 마치 또 다른 나처럼 느꼈다. 그 사람의 생각과 감정이 나와 같을 거라고 착각했고, 나와 다름을 마주할 때면 이해보다는 서운함이 먼저 찾아왔다. 사랑할수록, 가까울수록 나와 다른 부분을 받아들이기 어려웠다. 나를 이해하지 못한다는 서운함이 앞서 건설적인 대화를 하지 못했고, 끝도 없이 나를 이해해 주기를 바라는 욕심에 사로잡혀 있었다.

결코 좁혀지지 않는 거리가 있어, 상대가 나와 다른 사람이라는 사실을 깨닫게 되었다. 그 사람은 나와 완벽히 일치할 수 없는 고유한 존재라는 걸 알게 해 주는 거리. 그 간극이 있어, 아무리 가까운 사이라도 그 사람의 생각을 존중하고 이해해야 한다는 걸 배울 수 있었다.

우리는 절대로 완벽히 일치할 수 없고 타인을 온전히 이해할 수도 없다. 그러나 그 불완전함을 인정하면서도 서로에게 다가가려는 노력을 멈추지 않는다면 우리는 서로를 더 깊이 이해하게 된다. 좁혀지지 않는 차이를 마주하면서도 손을 뻗는 치열한 노력이야말로 완벽이라는 환상을 넘어서는 진정한 관계를 만들어 줄 것이라 믿는다.

유한한 시간

　만남을 줄였다. 마주치는 모든 인연에게 시간을 쏟다 보면 정작 보고 싶은 사람을 만날 기회를 잃게 된다. 문득 중요하지 않은 곳에 시간을 쓰다가 진정 중요한 사람에게 시간을 내지 못하는 나를 자주 발견하게 되었다. 좋은 인연을 많이 만들고 싶어 욕심을 부리던 시절도 있었지만, 이제는 내 사람들과의 애틋한 시간을 줄이면서까지 새로운 인연을 만나고 싶지 않다. 우리에게 주어진 시간이 그리 넉넉하지 않다는 것을 알게 되었기 때문이다.

　갈수록 시간이 소중하다는 것을 깨닫는다. 어릴 적에는 미처 몰랐던 시간의 의미를 조금씩 알아 가고 있다. 오늘 흘러간 시간은 결코 되돌릴 수 없다는 것을 알기에, 내일이 당연하게 주어지지 않을 수도 있다는 것을 알기에 변함없이 곁을 지켜 주는 이들에게 나의 시간을 쏟고 싶다. 더는 사랑하는 존재들과 추억을 쌓을 기회를 놓치고 싶지 않다.

견고한 관계는
표현을 통해 만들어진다.

고마움과 미안함, 사랑과 애정의 표현을
망설임 없이 주고받는다.

표현을 자주 하지 않았던 사람이
단번에 바뀌는 건 어려운 일이지만
사랑은 그 어려움을 극복할 힘이 있다.

우리의 사랑이 약해지지 않도록
소중한 사람이 외로운 사랑을 하지 않도록
최선을 다해 마음을 전하자.

마음을 언어로 표현해 주는 것까지
사랑이자 배려가 아닐까.

제때 사랑한다고 전하지 못한 후회가
제때 마음을 표현하지 못한 아쉬움이
남는 일이 없도록.

사람에게 상처받고
사람에게 치유받는다

관계는 상처를 주고받기도 하고 갈등과 오해로 인해 힘든 날들이 생길 수도 있다. 하지만 그러한 순간이 두려워 마음을 닫는 선택을 한다면 어느새 작은 방에 홀로 남겨지게 된다.

관계를 시작하기에 앞서 필요한 마음가짐이 있다. 사람과 사람 사이에는 행복과 기쁨뿐만 아니라 슬픔과 아픔도 있지만, 나는 그것을 이겨 낼 수 있다는 믿음. 모든 사람을 사랑할 수도, 모두에게 사랑받을 수도 없다는 비릿한 체념. 존재를 소유할 수는 없지만 그 존재와의 기억은 오래도록 내 안에 머물 것이라는 확신. 마음을 건넨 만큼 돌려받지 못할 수도 있지만 그럼에도 불구하고 마음을 전하는 용기.

사람들 틈에 머무르기 위해서는 내면을 단단하게 다져야

한다. 상처를 피하려 애쓰기보다 상처에 대한 면역력을 기르고 관계를 쌓아 가는 방식을 배우는 것이다. 작은 용기는 함께 나아가는 길로 우리를 이끌어 줄 것이다.

어쩌면 두려움을 이겨 내고 함께하길 택한 사람에게만 주어지는 것들이 있을지도 모르겠다. 나의 취약함을 포용해 주는 사람에게서 얻는 안도감, 광활한 세상 속에 언제나 나를 지지해 주는 존재가 있다는 확신, 삶의 시련과 고난을 함께 맞서 싸울 든든한 동행자, 그리고 서로의 상처를 치유하며 함께 행복을 알아 가는 순간들. 아무리 두렵더라도 사람을 밀어내지 말자 또 다짐해 본다. 후회 없이 사랑하고, 사랑받고 싶기에.

가벼운 도움

　적절히 기대는 법을 몰랐던 시절, 혼자서 모든 것을 해내야 한다는 강박은 나를 쉽게 지치게 했다. 홀로 해결하기 어려운 일도 누군가의 가벼운 도움이 곁들여지면 간단히 해결될 수 있다는 걸 그때는 몰랐다. 등에 지퍼가 달린 옷을 입을 때 혼자서 잠그려면 아주 우스꽝스러운 모습으로 끙끙거리게 되지만 옆에 친구가 있다면 손쉽게 올릴 수 있다. 이 정도의 가벼운 도움을 주고받으며 살아가고 싶다. 거창한 도움을 많은 이에게 주겠다는 것은 오만이고, 받겠다는 것은 미성숙함이니 말이다. 상대의 손이 닿지 않는 지퍼를 대신 올려 주는 정도의 가벼운 친절이면 충분하지 않을까. 작은 도움과 은은한 온기로 더불어 살아가는 삶, 그것이 내가 꿈꾸는 모습이자 함께 만들어 가고 싶은 세상이다.

고정 관념

타인을 이해하는 방법은 그의 삶을 알아 가는 것이다.
나의 삶을 통해 그를 바라보지 않고
내가 그의 삶으로 들어가야 한다.

우리는 다르다는 이유로
서운함을 품기도 하고 다투기도 하지만
이는 나 자신에게 생각이 머물러 있기 때문일지도 모른다.

생각의 배경이 나에게만 머물러 있으면
그는 여전히 이상한 사람이다.
하지만 그의 시선으로 나를 바라보면
그를 이상하게 바라보는 내가 이상해 보일 수도 있다.

각자 품고 있는 자기만의 옳고 그름이 있다.
나만의 기준으로 누군가를 판단하는 게 아니라
잣대를 접어 두고 그의 마음을 헤아린다면
타인을 이해하는 일이 그리 어렵지 않을 것이다.

농밀한 시간

　함께해 온 세월보다 중요한 것은 함께 나눈 진심이다. 1년을 알고 지냈어도 진심을 나누지 않으면 단 1시간이라도 속내를 털어놓은 사이가 더 깊을 수 있다는 말이다. 함께한 시간에 비례해 마음이 깊어지는 것은 아니다. 아무리 오래 알고 지낸 사이여도 그 시간 안에 진심을 녹이지 않으면 우리만의 시간은 흐르지 않는다. 관계의 깊이는 서로에게 진정한 나를 보여 주고, 진심 어린 마음을 나누며, 서로를 포용하고 아끼는 농밀한 순간에서 비롯된다. 이런 진심이 시간에 스며들 때, 비로소 우리의 시간은 흐른다.

용기는 응원을 먹고
자라난다

조언이나 충고보다 응원을 좋아한다. 소중한 사람에게 현실을 말하며 멈춰 세우기보단 무조건적인 지지를 건네려 노력한다. 사랑이 현실을 바꾸지는 못할지라도, 그 사람에게 현실을 바꿔 나갈 힘을 안겨 줄 수는 있다고 믿는다. 어떠한 순간에도 나를 믿는 사람이 있다는 확신은 건강한 성숙의 자양분이자, 어려움을 헤쳐 나갈 자신감을 준다. 어쩌면 우리는 언제나 사랑받고 있다는 안전함 덕에 도전할 용기를 얻는지도 모른다. 용기는 결코 혼자 크지 않는다. 그것은 곁에 있는 사람의 사랑과 믿음, 그리고 끝까지 곁에 있어 줄 거란 확신 속에서 자라난다. 차가운 현실을 앞세우기보단 우리만의 포근한 응원을 전하자. 소중한 사람이 마음껏 세상을 누빌 수 있도록. 자신만의 모험을 떠날 수 있도록.

오래도록
지켜 온 것들

　낡은 것들을 좋아한다. 어릴 적부터 차곡차곡 모아 온 일
기장, 푸르른 청춘이 담긴 편지함, 내가 잊은 날들을 대신
기억해 주는 사진첩, 어머니께서 물려주신 시계, 어린 시절
에 읽었던 책들까지.

　낡았다는 건 단순히 오래되었다는 의미를 넘어선다. 일기
장과 사진첩에는 나의 한 시절이 담겨 있고, 어머니의 시계
에는 언제나 나와 함께하겠다는 사랑이 배어 있으며, 해져
가는 편지지는 그 시간을 함께했던 사람과의 기억을 생생
하게 상기시킨다. 낡은 물건은 이야기를 품고 있다.

　낡은 물건이 대체할 수 없는 추억을 간직하고 있듯, 오래
된 관계 또한 그 시절의 우리를 품고 있다. 어릴 적부터 함
께한 친구들을 만나면 자연스레 그때의 모습으로 돌아가게

된다. 그런 우정이 그저 가볍다고 생각했던 때도 있었다. 철 없는 장난을 치며 마냥 해맑게 웃는 시간이 별 의미 없어 보였고 가끔은 그런 자리가 지겹게 느껴지기도 했다. 돌연 어른이 된 나는 성숙해져야 한다는 생각에 진지한 관계를 더 중요하게 여겼다.

하지만 이제는 우스꽝스러운 우리의 농담과 장난이 그렇게 반가울 수가 없다. 언제 만나도 아이처럼 마음껏 웃게 되는 사람들과의 시간은 참 각별하다. 깊은 추억을 품은 존재와 소중한 의미가 담긴 물건이 이토록 값지다는 것을 비로소 깨달았다. 오래도록 지켜 온 만큼, 앞으로의 시간도 함께하고 싶다.

사랑이 담긴 기억은 잊히지 않는 순간이 된다.

시간이 흘러 삶을 돌아봤을 때,

사랑 가득한 삶이었다고 말할 수 있기를.

잊지 못할 순간이 가슴에 남기를.

그 시절을 함께한 이와의 아름다운 추억이

다시 한번 사랑을 품을 용기가 되어 주기를.

알아봐 주는 사람

노력을 알아주는 사람과 함께해야 한다.
건네는 마음의 가치를 알아봐 주는 사람.

진심을 알아봐 주는 이와 마음을 나누어야 한다.
작은 마음이라도 소중히 여길 줄 아는 사람.

한결같은 배려와 다정에 감사함을 느끼는 사람은
분명 나에게도 그런 소중한 마음을 전하고 있을 것이다.
자신도 건네고 있기에 그 가치의 의미를 알아보는 것이다.

전해 본 사람만 아는 것들이 있다.

세심한 배려와 적절한 온도,
편안한 다정을 전하는 것은 무척이나 어렵다.
그렇기에 상대의 마음에 깊은 감사를 느끼게 된다.

알아봐 주는 사람이 있다.
당신의 진심과 노력을 소중히 여기는 사람이 있다.

서로의 애씀을 알아주고
감사히 여기는 관계는 더없이 행복하고 평화롭다.

나를 알아주는 사람과 함께하자.

미움을 지우는 법

한 사람을 미워하지 않으려면 그 사람을 알아 가려는 노력이 필요하다. 깊이 알지 못하면 쉬이 오해가 쌓이고 미움을 품게 된다. 단편적인 면을 갖고 나의 잣대를 휘두르며 미워하기는 쉽디쉬운 일이다. 하지만 상대를 알고 그것을 넘어 이해된다면 미워할 수 없다. 미움은 종종 우리의 모름과 다름에서 기인한다.

우리는 많은 사람들과 연결되어 있어 한 사람에게 집중할 시간이 부족하다. 바쁜 일상 속에서 한 사람을 마음속 깊이 들이는 일이 점점 어렵게 느껴진다. 그래서 우리는 한 사람의 단면만 보고 판단하려 하지만, 한 사람을 진정으로 알려면 뭉근한 시간이 필요하다.

미움을 품기 전, 그 사람의 세계와 나라는 세계가 한 바퀴 공전할 시간을 주어야 할지도 모르겠다. 영화나 소설을 봐도 처음에는 비호감이었지만 볼수록 공감이 되고 이내 정이 드는 캐릭터들이 있다. 마주한 사람이 어떤 시간을 지나왔는지 알고 나면 차츰 이해하게 된다. 그의 등에 자라난 가시, 작은 것에도 할퀴어질 수밖에 없던 이유, 날 선 말투와 표정이 그저 측은하게만 느껴진다.

아무리 노력해도 이해되지 않는 사람은 그저 지나쳐 가면 된다. 구태여 미움을 품기보다는 각자의 길을 걷는 것이 서로의 마음을 지키는 길이 될 것이다. 미움은 결국 나의 마음도 탁하게 만들기 때문이다. 나와의 다름을 끝내 넘지 못했다면, 우리는 맞춰질 수 없다는 걸 알게 된 것뿐이다.

괜찮다는 말은
괜찮지 않다는 뜻이었다

표정만으로도 나를 읽어 내는 사람이 있다. 감추려고 해도 감춰지지 않는 사람 앞에서는 거짓말할 수 없는데, 힘든 시기에는 그것이 깊은 위안이 된다. 내 거짓말에 속는 사람들에게는 안도감이 들면서도 한편으론 서운했다. '사실 나많이 힘들고 슬픈데……' 말하지 않아도 알아줬으면 하는 어리광이었다. 그래서 아무 말 없이도 나의 마음을 알아봐주는 존재가 있다는 것은 그 자체로 위로가 된다. 강인해 보이고 싶으면서도 와락 안기고 싶은 마음. 그 충돌을 알아주는 사람 덕분에 기댈 수 있었다. 말하지 않아도 아는 것, 그것은 커다란 애정과 부단한 관심 없이는 불가능한 일이다. 우리는 때로 말하지 않아도 나를 알아주길 바라는 모순을 품고 살아가는지도 모르겠다.

부끄러운 짜증

내가 짜증을 내는 일들은 대부분 사소한 것들이었다. 나 자신에게, 먼 타인에게, 그리고 사랑하는 사람들에게조차 얄팍한 귀찮음으로 짜증을 내곤 했다.

이제껏 똑같은 말을 반복하는 걸 싫어한다고 말하며 살아왔는데, 그 말은 내가 타인에게 사소한 배려조차 하지 못할 정도로 마음이 작은 사람이라고 말한 것과 다름없었다. 그때는 그것이 나의 단순한 성향이라고 생각했지만, 사실은 두 번, 세 번, 네 번이라도 상대방을 위해 다시 말해 주는 노력을 하고 싶지 않았던 것이었다.

엄마가 병원 일정을 확인하려고 몇 번 전화를 걸면 쉽게 버럭하고 말았다. 친구가 약속 시간을 착각해 늦었을 때도 구겨진 인상을 펴지 못했고, 강아지와 산책을 하다 갑자기

비가 쏟아졌을 때도 기분이 금세 상해 버렸다. 이 모든 것의 이유가 그저 귀찮음이었다는 사실을 깨닫게 되니 아찔하다.

사실 대부분의 일은 그저 조금 더 움직이기만 하면 된다. 엄마에게 다시 설명해 준 뒤 잊지 않도록 문자로 남기고, 잠시 카페에서 친구를 기다리며, 어질러진 것을 청소하는 정도의 사소한 것들. 몸을 조금만 더 움직이고, 얕은 인내심을 요구하는 별거 아닌 일들이다.

결국 단지 귀찮음에 불과했다. 그 귀찮음으로 누군가에게 불쾌한 감정을 전해서는 안 된다. 참 신기하게도 바지런을 떨수록 짜증이 줄었다. 내가 조금 더 움직이겠다는 가벼운 다짐이 주변 사람들에게 친절함을 지켜 주었다. 가지런한 사랑을 위해, 부지런한 마음을 위해 오늘도 친절히 설명하고 움직인다. 돌아보면 참으로 부끄러운 짜증이었다.

굳이 어렵게 사는 사람들이 있다.

어제보다 나은 자신이 되려 노력하는 사람.

바라는 미래를 위해 순탄치 않은 길을 걷는 사람.

상대를 위해 자신이 뱉은 말을 곱씹는 사람.

견고한 관계를 위해 시간과 감정을 아끼지 않는 사람.

한 명이라도 더 품에 안으려 마음을 넓혀 가는 사람.

말 한마디라도 다정히 건네려 신중하게 다듬는 사람.

굳이 그러한 행위를 하는 당신에게 말하고 싶다.

당신, 참 멋지다고.

파동에
몸을 맡기고

작은 다툼에도 유난히 마음이 흔들리던 시절이 있었다. 누구와도 상처를 주고받고 싶지 않은 열망과 모든 이와 매 순간 잘 지내고 싶다는 욕심은 되레 자그마한 파동도 견딜 수 없게 만들었다. 어쩌면 내가 바라던 아무런 갈등도 없는 관계는 순전히 환상일 뿐, 약간의 흔들림조차 없는 관계는 그저 모형에 불과한 것인지도 모르겠다.

관계는 흘러가는 것이다. 관계에서의 흐름이란 서로의 생각과 말이 자유롭게 오가며 더 좋은 관계를 함께 만들어 가는 것을 의미한다. 우리의 생각이 때론 같을 수도, 때론 엇갈릴 수도 있다. 그 사이에서 일어나는 작은 갈등을 두려워하다 보면 나는 마음 편히 할 수 있는 말이 없고, 나와 함께하는 사람들 역시 나에게 어떠한 말도 편히 할 수 없게 된다. 흐르지 않는 관계는 고여, 썩어 버리기 마련이다.

설익은 실수나 서로의 다름으로 인해 생기는 크고 작은 언쟁은 우리만의 관계를 만들어 가는 여정이자, 너를 이해하고 나를 알아 가며 성장하는 시간이 되어 준다.

다툼 끝에 상대의 마음에 먼저 다가간 순간들과 깊은 갈등 속에서도 끈질기게 대화를 이어 갔던 나날들. 나는 그 모든 파동을 긍정한다. 우리의 다름을 극복하려고 노력하기 때문에 일어나는 파동이라고 믿는다. 함께하기 위해 서로 다른 부분을 맞추어 나가는 시간을 받아들일 때, 관계는 미래를 향해 흐를 수 있을 것이다.

우리라는 세계

관계는 너와 내가 만나 우리로 스며드는 과정이다. 우리라는 세계는 너와 나, 두 사람이 조화를 이루는 공간이어야한다. 나는 지워지고 너의 세계에 편입되어야 하는 관계는 우리의 세계가 아니다. 어느 시기에는 상대에게 내 모든 시간을 쏟을 수도 있고 나보다 더 아껴 줄 수도 있다. 어떤 사람에게는 그저 희생하는 것으로 보일지라도 괜찮다. 나에게는 그저 사랑일 테니.

하지만 내가 건네는 마음의 소중함을 모르고 더 많은 것을 요구하는 사람에게는 마음을 쏟지 않는다. 나를 부족한 사람으로 전락시키고 자신의 방식대로 변화할 것을 당연하게 요구하는 사람 옆에서는 나로서 존재할 수가 없다. 함께하는 것이 나를 잃어 가는 일이라면 나는 기꺼이 혼자가 되길 택할 것이다.

나 자신이 소중한 만큼 상대를 존중하고 아껴 줄 때, 비로소 우리라는 세계가 탄생한다. 선명한 나로서, 생동감 넘치는 너로서 우리의 세계를 만들기 위해선 균형을 이루어야 한다. '나'만 생각하며 관계를 대하면 내 앞에 있는 '너'는 지워진다는 걸 잊지 말자. 우리라는 세계에서 서로가 더 빛날 수 있도록 돕는 인연이길 소망한다.

복덩이

나를 복이 많은 사람으로 만들어 주는 존재가 있다. 나를 사랑하고 내가 사랑하는 사람들이 그렇다. 삶에 그들을 들인 것만으로 복이 많은 사람이 되었다. 그들의 존재만으로 모든 고난을 이겨 낼 힘이 생기고, 그들과 함께하려면 현생의 모든 행운을 헌납해야 한다고 해도 주저 없이 내놓을 것이다. 진정한 행복이 무엇인지 알려 주는 그들과 함께하는 매일은 나에게 더없이 커다란 복이다. 사랑은 복을 불러온다. 나를 복덩이라고 부르는 부모님과 나를 만난 것이 인생에서 가장 큰 행운이라고 말하는 그를 봐서는, 사랑은 복을 만드는 작업임이 틀림없다.

찬란함 이면의 비루함

힘듦을 이야기하는 건 어렵다.
아무도 힘듦을 전시하려 들지 않는다.

그래서일까.

우리는 타인의 삶을 쉽게 오해하고
자신의 방식대로 해석한다.

불행의 감각을 전혀 모를 것만 같은 사람을 보면
그가 사는 세상은 내 것과 전혀 다를 거라 믿게 된다.

아무런 걱정 없이 웃는 사람을 보면
마냥 부러움이 올라온다.

하지만 여태껏 그런 사람은 보지 못했다.
그가 혼자 있을 때의 표정을 우리는 알 수 없다.

결국 행복은 찾아올 거야

우리는 찬란한 순간을 공유하며 살 뿐이고
찬란함과 비루함은 공존한다.

찬란함 이면의 비루함을 드러내지 않고
애써 삼켜 낼 뿐이다.

가벼운 관심이 모든 것의 시작이다.

관심 없이는 애정이 생길 수 없고

마음이 가지 않으면 행동도 따르지 않는다.

가벼운 관심은 때로 커다란 변화를 만든다.

사소해 보이는 것에 눈길을 주는 순간

애정이 싹트고

그 애정은 우리를 움직이게 한다.

억지로 애쓰지 않아도

자연스럽게 행동하게 된다.

관심은 부게에 비해 강하다.

다양한 곳에 시선을 두고 살아가고 싶다.

언젠가 또 다른 애정이 싹트기를 바라며.

더 많은 곳에 손을 뻗기 위하여.

우리만의 이야기를
써 내려가는 시간

스무 살에 첫 연애를 시작했다. 설렘과 미숙함이 뒤섞인 그 관계 속에서 나는 사랑이란 무엇인지, 연인이 된다는 것이 어떤 의미를 갖는지 전혀 알지 못했다. 모든 것이 처음이었기에 연애를 먼저 경험한 친구들의 방식이나 그들이 내 연애를 바라보는 관점을 정답처럼 여겼다.

그때는 연인과 다투고 나면 친구들에게 어떻게 하는 게 좋은지 묻곤 했다. 그러다 한 사람의 조언으로 성에 차지 않아 여러 친구들에게 전화를 돌리기도 했다. 그때의 나를 다시 만날 수 있다면 왜 그들에게 묻냐며 채근할 것이다. 너에게 물어보라고. 너를 가장 잘 아는 사람도 너고, 그 관계를 가장 잘 아는 사람도 너이지 않냐고. 그 시절의 나는 관계의 형태에 정답이 있다고 믿었다. 그래서 보편적이고 이상적이라 여겨지는 형태에 나를 맞추려 했다. 관계에도 객관식 정답이 있다고 믿었다.

지금도 친구들과 고민을 나누기는 하지만, 선택에 관한 부분은 타인에게 묻지 않는다. 고민을 털어놓고 위로를 받을 수는 있지만 결정은 오롯이 내 몫이다. 이유는 단순하다. 그것이야말로 내 삶을 바꾸기 때문이다. 나의 삶을 만들어 가는 과정에서 타인에게 선택권을 양도하면 내가 원하는 것들이 사라지거나 원치 않는 것들로 채워질 수 있다.

나만의 관계를 형성하고 우리만의 형태를 창조하기 위해서는 수많은 시행착오가 필요하다. 그 과정은 결코 순탄치 않다. 인연을 만들어 가며 나의 실수로 인해 후회하는 날도 있을 테고, 돌아갈 수 없는 과거를 그리워하며 기나긴 밤을 보낼 수도 있고, 홀로 마음 앓이 하는 나날이 이어질 수도 있다. 그러나 그런 날들마저 나의 삶이다.

온전한 나의 선택으로 함께하게 된 소중한 인연들과 쌓아 온 우리만의 이야기가 있다. 관계란 정답을 찾는 것이 아니라, 우리만의 이야기를 함께 써 내려가는 시간이다. 우리가 바라는 해피 엔딩을 위하여.

당신에게서
나를 본다

강인해 보이는 사람일수록 여린 속내를 갖고 있는 경우가 많다. 그들은 연약한 마음을 감추기 위해 겉으로 더욱 단단해 보이려고 노력한다. 상상했던 어른스러운 모습이 되려 부단히 애쓰고, 상처받고 싶지 않아 선뜻 마음을 열지 않는다. 무릇 날카로워 보이기도 하지만, 이는 겉모습에 불과하다. 그들이 서서히 경계를 풀어 가면 그렇게 해맑고 가냘플 수가 없다. 마치 여린 배를 감춘 고슴도치처럼 말이다.

나는 그들에게서 지난날의 나를 본다. 힘껏 가시를 세우고 아무도 다가오지 말라고 외쳤지만, 누구든 나를 알아줬으면 좋겠다는 소망이 마음 깊숙한 곳에 숨겨져 있었다. 언뜻 보기에는 강하고 뾰족할 것 같은 사람에게도 스스럼없이 다가가는 이유이다. 그들도 결국 사람이니까. 그들도 어린 시절의 나처럼 꽃잎을 떼며 '좋아한다, 좋아하지 않는다'

놀이를 했을 것만 같다. 마지막 꽃잎을 앞에 두고 억지를 쓰더라도 '좋아한다'로 마무리 지었을 것만 같은, 사랑이 가득한 사람이라는 걸 나는 알아볼 수 있다. 누군가 내 손을 잡아 주길 하염없이 기다리고 있던 시절의 내가 그들의 손을 잡게 된다. 누구보다 따듯하고 보드라운 손을 마주 잡고 싶어진다.

다른 사람,
같은 마음

사람들의 시선을 과하게 의식하던 때가 있었다.
마주하는 사람들을 평가하던 시절의 내가 그러했다.

누군가가 나를 이상하게 바라볼까 봐
걱정하던 때가 있었다.
나와는 다른 사람들을 이상하다고
생각하던 시절의 내가 그러했다.

돌이켜 보면
사람들의 시선이 아니라 내 시선이 문제였다.

타인을 평가하고 판단하는 시선을 거두자,
타인을 의식하는 습관도 사라졌다.

타인의 마음은 여전히 모르지만
내가 타인을 편견 없이 바라보는 것만으로도 편안해졌다.

타인을 완벽히 있는 그대로 받아들이기는 어렵겠지만
그것을 해내려는 노력이 우리에게 절실하다.

그렇다면 나는 조금 더 자유롭게 살아갈 수 있을 테고
나와 다른 당신도 당신만의 삶을 꾸려 갈 수 있을 것이다.

우리는 분명 서로 다르지만
모두 같은 마음을 품고 있기도 하다.
있는 그 자체로 존중받고, 사랑받고 싶은 마음.

같은 마음을 품은 우리이기에
우리는 서로의 다름을 감싸안을 수 있다.

행복의 토대

행복보다 추구하는 것들이 있다.

사랑.

연대.

다정.

공감.

소통.

행복의 토대가 되어 주는 것들을
중요한 가치로 삼으면
행복은 절로 피어난다.

행복은 목표가 아닌 결실이다.

서로를 아끼고 사랑하는 마음.
서로의 아픔과 슬픔을 외면하지 않는 깊은 연대.
환한 얼굴로 환대하는 다정.

그리고 어떠한 순간에도 잃지 않는
나 자신에 대한 사랑.

작은 행복을 자라게 하는 건
삶을 대하는 태도일 것이다.

사람과 사랑이라는 숲에서
울창한 행복을 키우며 살아가기를.

바라건대
우리가 짙은 녹음처럼 진한 행복 속에서
고운 미소를 지을 수 있기를.

말속에 마음을 담아내는 대화

대화를 나누며 내 표정을 살피는 사람과는 어떤 이야기든 할 수 있고 어떤 주제든 재미있게 말할 수 있다. 대화를 함께 쌓아 가는 것이라 여기는 사람은 자신을 위해서만 말하지 않는다. 그들은 상대의 반응을 살피며 적절한 단어와 화법을 고민한다. 말에 배려가 묻어 있다.

누군가를 만나고 집에 돌아가는 길. 앞으로 절대 만나지 않겠다고 다짐하게 만드는 사람이 있는가 하면, 오늘 만나서 즐거웠고 다음에 또 보자는 살가운 연락을 보내게 되는 이가 있다. 아마 결정적인 차이는 대화였을 것이다.

사람과 사람을 엮는 것은 대화라 믿는다. 기탄없이 고민을 나눌 수 있는 사람과는 깊은 속내를 털어놓으며 마음의 짐을 함께 짊어질 수 있다. 함께 기뻐하고 함께 슬퍼하며 마음을 나누는 사람과는 내 삶과 나라는 사람을 단 한 장의 가림막도 없이 보여 줄 수 있다.

듣고 말하는 단순한 행위이지만, 그 이상의 것들을 헤아리는 사람이 좋다. 보이지 않는 우리의 마음을 향하는 대화. 그런 대화를 나눌 수 있는 사람들과 모여 앉아 도란도란 이야기꽃을 피우며 지내는 일상이 나의 꿈이기도 하다.

쓸모 있는 사람

언제부턴가 나의 쓸모를 증명해야 한다는 압박감이 나를 짓눌렀다. 나의 가치를 증명하고 인정받아야만 한다는 불안은 끊임없이 나를 닦달했다. 인정받는 사회 구성원, 자랑스러운 자식, 사랑스러운 애인, 밝은 에너지를 주는 친구. 나는 나에게 쓸모 있는 사람이 되길 요구했고 가치를 증명하길 바랐다.

그 모든 역할을 제대로 해내지 못하면 부족하고 가치 없는 존재로 보일까 두려웠다. 쓸모 있는 사람이 되기 위해 부단히 노력하고 있고 당장 기능하지 않는 것도 아닌데, 왜 그토록 두려워했을까. 아마도 나는 너무 벅찬 노력을 했기 때문일 것이다. 이 노력을 언제까지 지속할 수 있을지 감이 잡히지 않았다. 해야 한다는 건 알지만, 너무도 힘들었다.

내가 만든 강박에 못 이겨 펑펑 울었던 날이 있었다. 스스로 만들어 낸 이상에 부합하지 못하는 나를 견디지 못했다. 한참을 울고 있던 내게 친구가 찾아와 아무 말 없이 나를 안아 주었다. 그제야 깨달았다. 지금 내 곁에 많은 사람들이 있다는 것 자체가 증명이라는 것을.

내가 실패하고 흔들리던 순간에도 그들은 변치 않는 모습으로 내 곁을 지켜 주었다. 내 눈물을 닦아 주던 그들의 슬픈 표정을 떠올리며 깨달았다. 그들은 나의 쓸모 때문이 아니라, 그저 나라는 존재를 사랑하기 때문에 함께하는 것이다. 이제는 나도 믿어 보고 싶다. 지금의 나로서 충분하다는 사실을. 이제는 그저 사랑하고 싶다. 지금의 내 모습을.

당신보다
당신의 편이 되어 줄게요

말 못 할 고민을 품고 있던 때가 있었다. 나조차 나의 실수를 용납할 수 없어 아무에게도 털어놓지 못한 채 며칠을 홀로 속앓이하며 지냈다. 그러던 어느 날, 친한 친구가 문득 집으로 찾아왔다. 초췌한 몰골로 맞이한 나를 보며 친구가 무슨 일인지 물었다. 최대한 밝게 별일 없으니 신경 쓰지 말라고 했지만, 친구는 자신이 나처럼 연락도 안 받고 힘들어하면 가만히 있을 거냐며 잔뜩 혼을 냈다.

걱정 어린 눈빛으로 나를 바라보는 친구에게 그간의 일들을 털어놓았다. 나의 실수로 인해 문제가 생겼고 잘 대처하지 못해 일을 키운 이야기. 그간의 설움이 북받쳐 찔끔찔끔 눈물이 나려는 찰나, 아차 싶었다.

"나한테 실망했지?"

"겨우 이걸로? 네가 무슨 짓을 해도 그럴 일은 없을걸?"

마음 졸이던 시간이 무색할 정도로, 친구는 전혀 개의치 않았다. 오히려 왜 그동안 말하지 않았느냐고, 혼자서 얼마나 힘들었냐고 다독여 주었다. 무너질까 봐 조마조마할 필요 없는 튼튼한 안전지대가 있다는 건 축복이다. 나의 밑바닥까지 온몸으로 끌어안아 주는 사람의 품에선 움츠린 어깨가 펴진다.

그날 밤, 친구에게 고마운 마음을 담아 책 속 글귀를 찍어 보냈다.

하늘이 우리에게 우정을 선사한 이유는 서로 허물없이 말을 털어놓음으로써 우리를 압박하는 비밀의 고통으로부터 벗어나게 하려는 게 아닐까요. -『체호프 단편선』

나보다 나를 더 잘 알아주는 사람들이 있다. 나의 단점만 바라보며 스스로 책망할 때, 그들은 곁에서 나의 빛나는 면을 하나하나 짚어 준다. 나의 못난 모습을 아무렇지 않게 안아 주고, 나조차 이해하지 못하는 나의 모습을 대신 이해해 준다. 그들의 따뜻한 시선은 나의 불완전함을 감싸 주고, 나를 더 좋은 사람으로 만들어 준다.

나를 옹호하는 사람이 있다는 건 이렇게나 포근하다. 옳고 그름을 따지지 않고 오롯이 내 편이 되어 주는 존재는 마음의 심연을 채워 준다. 나의 부족함과 모자람을 기꺼이 채워 주는 사람이 있어 나를 용서할 수 있게 된다. 기꺼이 내 편이 되어 주는 이들 틈에서 나도 그들의 편으로 살아가고 싶다. 그들이 세상에 지쳐 망설일 때면 내가 용기가 되어 주고 싶고, 자신의 부족함에 자책할 때면 내가 그들의 충분함을 대변해 주고 싶다. 모든 걸 잘 해내야 할 것 같은 세상 속에서 버거워하는 당신의 삶을 감싸 주고 싶다. 당신보다 더 당신의 편이 되어 주고 싶다.

Part 4.

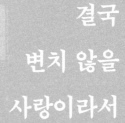

결국
변치 않을
사랑이라서

사랑이 깃든
마음의 온도

사람을 만난다는 것은
자신의 날카로움을 갈아 내는 일이다.
사람과 닿기 위해 날카로움을 뭉뚱그리는 일.
정돈된 몸짓과 언어를 부단히 익히는 일.
당신이 나로 인해 상처 입지 않도록
나의 뾰족함에 기꺼이 사포를 문지르는 일.

포근한 다정을 지닌 사람을 동경한다.
모나지 않은 언어를 내뱉고
부드러운 몸짓과 눈짓으로 마음을 어루만지고
희고 맑은 마음을 건네는 사람.

그러한 것들은 자신을 다듬지 않으면
건넬 수 없는 것들이기에.
선명한 사랑을 품지 않으면
불가능한 일이기에.

이유가 설명되지 않는 것들

한 사랑을 보내고 마음의 격동이 가라앉으면 조용히 지난 사랑을 돌아보게 된다. 그러다 보면 참 신기한 기분이 밀려든다. 왜 그렇게까지 좋았던 걸까. 그 시절의 나는 그 사람을 생각하면 늘 미소가 지어졌고, 그의 한마디에 하루가 흔들리곤 했다. 이 모든 감정이 한 사람에게서 비롯된 것이 이제 와 돌아보면 이상하리만치 낯설게 느껴지기도 한다.

내 이름을 부르던 그 목소리가 떠오른다. 그게 왜 그렇게 좋았을까. 매일 듣는 이름인데도 그 사람의 입을 통해 불릴 때마다 특별한 의미가 덧붙여졌다. 사람의 품이 이토록 따뜻할 수 있는지, 손끝이 닿기만 해도 마음이 놓이는 기분이 어떤 것인지 그때 처음으로 알았다.

완벽한 사람을 찾겠다고 마음먹었던 나는 그 사람의 평

범함에 안도했다. 실수투성이였던 그 모습이 이상하게 사랑스러웠다. 그 사람에게 실망한 날도 있었지만, 그날 밤이면 어김없이 이해하게 됐다. 어쩌다 미운 마음이 들어도 그 사람이기에 품을 수 있었다. 이 모든 것들이 단지 그 사람이기 때문이었다.

이유가 설명되지 않는 것들이 있다. 첫눈이 내리면 왜 마음이 몽글해지는지. 오래된 책장에서 나는 종이 냄새가 왜 나를 안심시키는지. 어릴 적 들었던 노래가 우연히 흘러나올 때면 왜 가슴이 시큰해지는지.

사랑도 그중 하나가 아닐까. 사랑은 논리로 정의할 수 없다. 그것은 느껴지는 것이고 존재하는 것이다. 사랑은 모든 이유를 초월한 감각이며, 단지 그 사람이 거기 있다는 사실만으로 충분해지는 마음이다. 진정 아름다운 것들은 그 이유가 명확히 설명되지 않는다.

결국 사랑이란 그 이유를 설명해 낼 수 없는 순간부터 비로소 시작되는 것인지도 모른다.

불완전한 우리가
완전해지는 방식

인연이 되려면 상대의 예쁜 구석을 찾아내야 한다. 내가 좋아할 수 있는 면을 발견해야 관계를 발전시킬 수 있기 때문이다. 편협한 시선으로 단점을 찾고자 하면 이 세상에 단점 하나 없는 사람은 없다는 것을 알게 된다. 하지만 따뜻한 시선으로 장점을 찾아보면 장점 없는 사람도 없다는 사실을 깨닫는다. 결국 한 사람의 어떤 면을 발견할지는 온전히 나에게 달려 있다.

슬픈 사실은 우리는 모두 불완전한 존재라는 것이다. 그럼에도 우리는 누군가 자신을 온전히 포용해 주기를 바라고, 그 간절한 바람이 이루어지지 않으면 스스로 가치 없는 사람이라 여기게 된다. 그러니 내가 먼저 타인을 관대하게 받아들이고, 나아가 보물을 찾듯 그들의 장점을 속속들이 찾아 준다면, 우리는 서로의 포근함 속에 기대어 살 수 있을 것이라 믿는다.

비록 부족한 부분이 있더라도 그 빈틈을 서로 기쁘게 채워 주는 우리이길 바란다. 혼자일 때는 부족할지라도 누군가와 함께한다면 더 온건한 모습이 될 수 있다. 함께하며 서로의 장점을 나눈다면, 어쩌면 우리 모두 부족함 없이 충분한 사람이 될 수 있을지도 모르겠다.

사랑은 사람의 껍질을 벗긴다.

그로 인해 나다운 모습을 드러내게 된다.

사랑하지 않는 이에게는 나를 보이지 않지만

사랑하는 사람에게는 숨겨 놓은 모습까지도 내보인다.

타인에게는 무뚝뚝한 사람도

사랑하는 이에게는 헤벌쭉 웃으며 애교를 부리고

한없이 차가울 것 같은 사람도

연인에게는 어떤 온도보다 따스한 사랑을 건넨다.

그래서일까.

나는 사랑을 품으면 한없이 유약해진다.

그 사람의 한마디에 울고 웃는다.

누군가 당신에게 연약하고 말랑한 마음을 보인다는 건

무릇 사랑한다는 뜻이다.

사랑이
증명되는 순간

　나 대신 울어 주고, 나보다 더 기뻐하며, 나만큼 아파하는 마음. 나에게는 그 소중한 마음이 사랑이다. 타인과 나 사이에 벽이 있다고 느껴지는 지점을 모조리 허물고 깊숙이 맞닿아 있음을 느끼게 해 주는 사람. 그런 사람은 사랑이 여기 있음을, 그 보이지 않는 마음을 내가 받고 있음을 느끼게 한다. 그들의 눈빛과 표정을 보면 알 수 있다. 사랑은 품은 사람의 얼굴에 드러나고 온도로 전해진다. 힘들어하는 나를 보곤 뒤돌아 눈시울을 붉히는 부모님, 내게 좋은 일이 생기면 나보다 더 기뻐하는 연인, 나의 슬픔에 자신의 일처럼 아파하는 친구들. 공감하려 애쓰지 않아도 일순간 이입하는 사람이 있다. 자기 일처럼 아파하고, 함께 울고, 웃어 주는 사람이 있다. 나는 그들에게 주저 없이 사랑한다고 말한다. 그것이 내가 생각하는 사랑이라서.

좋은 관계는
나를 더 나은 사람으로 만든다

　좋은 관계의 기준은 그 사람을 만나면서 내 모습을 더 사랑하게 되는 것이다. 함께하는 사람에게 더 나은 나를 보여 주고 싶은 순수한 바람은 나를 더 좋은 방향으로 이끌어 준다. 내가 그를 좋은 사람으로 여기듯, 나 또한 그 사람에게 좋은 사람이 되어 주고 싶어 부단히 노력하게 된다. 이 노력은 마냥 신이 나고 설레기만 한다. 좋은 관계의 본질은 예쁘고 귀한 마음을 주고받는 것이다. 건넬 수 있는 가장 다정하고 포근한 마음을 건네기 위해 마음을 조각한다. 그렇게 내 마음은 사랑과 다정, 긍정과 선의를 머금고 더욱 환히 빛난다. 가장 맑고 반짝이는 것을 주고 싶다는 순수한 열망이 나를 더 나은 존재로 만들어 주는 것이다. 낯선 변화의 세계에 일말의 두려움 없이 뛰어들 정도로 나를 바꿔 놓는다. 좋은 사람을 마음에 들이면 나도 좋은 사람이 된다. 그러므로 나는 나 자신을 더 사랑하게 된다.

한 사람을 온전히 사랑하는 방법은
나의 기대를 지우는 것이다.
나의 이상에 빗대지 않고
그 사람 그대로 마주하는 일이다.

기대를 걸지 못하기 때문이 아니라
의도적으로 기대를 비워 낸다.
타인에 대한 기대를 담는 독이 있다면
아무것도 담길 수 없도록 구멍을 뚫고 싶다.

나에게도 바랄 수 없는 이상을 지우고 나면
결코 부족하지도, 모나지도 않은 그 사람이 보인다.

나조차도 실현하지 못할 이상을
타인에게 전가하고 싶지 않다.

미완의 존재인 우리의 부족함을
서로 채워 줄 수 있는 관계를 꾸려 가고 싶다.
서로의 빈틈을 메워 주며 함께하는 것이
인간이 가진 힘이라고 믿는다.

영원을
그리게 하는 사람

　우리의 사랑이 끝날 수도 있다는 불안감이 피어날 때면 대수롭지 않게 이별은 누구한테나 올 수 있는 일이라 되뇐다. 대신 주어진 이 시간을 행복하게 보내리라 다짐하건만아, 나에겐 그날이 영영 오지 않았으면. 이따금 머리칼이 희끗희끗 센 우리가 지금처럼 손을 꼭 잡고 동네를 누비는 모습을 상상하곤 한다. 우리에게 남은 시간을 모조리 함께 사용하는 상상을 말이다. 영원도 불멸도 없지만, 내게 주어진 날을 당신과 함께 쓰는 것은 영원과도 같은 일이 아닐까. 오래도록 함께하고 싶은 사람이 생기면 두려움이 찾아든다. 이 손을 놓치고 싶지 않은 욕심이 차오른다. 우리의 사랑만큼은 이별이 비껴가기를.

한마디 말보다
한 번의 진심이 닿기를

타인을 위로하기 위해 좋은 문장을 찾으려 하지만, 위로에 있어서 근사한 문장은 중요치 않다. 아무 말도 건네지 않고 묵묵히 곁을 지킬 수도, 고르고 고르다가 결국 진부한 말밖에 건네지 못할 수도 있지만 가장 중요한 것은 그 사람의 마음에 닿는 것이 아닐까. 위로는 마음을 어루만지는 일이니까.

우리는 가끔 밑도 끝도 없이 자책에 빠질 때가 있다. 돌아올 수 없을 정도로 너무 멀리 가지 않도록. 당신이 이해할 때까지, 당신 가슴께에 내려앉을 때까지 되뇌어 주고 싶다. 그 사람이 모른다면 나라도 알려 주어야 한다. 낭떠러지 끝으로 스스로 몰고 있지만, 정작 자신은 모를 때가 있으니 말이다. 우리는 그렇게 서로의 마음에 짐을 덜어 주고, 포근함을 채워 주고, 찢긴 마음을 동여매 주며 살아가는 것일지도 모르겠다.

혼자서도 잘 먹던 밥이 넘어가지 않을 때,

혼자서도 잘 놀던 내가 죽은 듯

잠만 자는 나날이 이어질 때,

홀로 걷는 이 길이 낯설게 느껴질 때,

혼자 있는 이 시간이 어색하게만 느껴질 때,

다시 누군가를 사랑할 자신이 없어졌다.

길들여진다는 건 참 무서운 일이다.

누군가를 만나기 전으로 돌아갈 수 없다는 것을

누군가가 없어지고 나서야 알게 됐다.

두려움 없이
사랑하기로 했다

사랑이 아닌 진실 게임을 하던 시절이 있었다. 그의 마음이 진심인지 거짓인지 판별하는 데 혈안이 되어 있었고, 사랑을 키워 갈 틈도 없이 상대의 사소한 행동과 말투 하나하나에 의미를 부여하며 나를 향한 마음을 가늠하곤 했다. 그때의 나는 마치 탐정처럼 행동했다. 내 감정을 들여다볼 새도 없이 저 사랑이 진짜인지 아닌지 분간하느라 급급했다. 상대방을 사랑하고 아껴 주기보다는 그의 행동과 말투를 관찰하며 나를 진정으로 사랑하는지 판단하기만 했다. 결국 내 사랑은 언제나 껍데기만 남긴 채 끝나 버리고 말았다.

함께하기로 마음먹었으면 온전히 그 사랑에 빠져들어야 한다. 그래야만 사랑을 키워 나갈 수 있다. 상처받는 게 두려워 사랑을 의심만 하다가 떠나보내면, 결국 상처보다 더 아픈 후회가 남는다는 것을 너무 늦게 깨달았다.

나를 진심으로 사랑해 주는 사람을 만나는 것도 중요하지만, 이제는 내가 누군가를 진심으로 사랑하고 싶다. 더 이상 함께하는 이의 마음을 혼자서 추측하며 전전긍긍하지 않기로 했다. 사랑하는 사람에게 의심의 눈빛 대신 사랑의 표현을 전하고 싶다. 사랑받기 위해 애쓰는 것이 아니라, 그를 행복하게 하고 우리가 함께 행복하기 위해 사랑을 나누고 싶다.

　내가 사랑받고 싶듯이, 나와 함께하고 싶은 사람도 같은 마음일 것이다. 불안을 걷어 내고 아낌없이 사랑을 전하고 싶다.

틈새에 사랑이
채워질 수 있도록

소유하고자 하는 욕망을 지운다. 보이지 않는 모습을 애써 들춰내고자 하는 욕심을 비운다. 물음표로 남겨 두어야 할 그만의 영역이 있다고 믿기 때문이다. 단순한 호기심으로, 답답하다는 어설픈 이유만으로 함부로 물음표의 답변을 채우지 않는 것 또한 상대를 위한 마음이 아닐까.

적절한 거리를 유지하고 싶다. 우리 사이에 바람이 드나들 수 있도록. 과한 욕심으로 서로를 짓눌러 진물이 나지 않도록. 마냥 딱 붙어 있고픈 욕심은 좁은 틈마저 허락하지 않는다. 그를 존중하며 우리만의 적절한 거리를 유지하는 현명한 사람이고 싶다.

한참 늦은 밤, 친오빠에게 전화를 걸어 아버지와 다툰 이야기를 전했다. 아버지와는 한 달 전, 다소 격앙된 언쟁이 있은 후로 연락하지 않았다. 그간의 공백을 이겨 내고 오랜만에 아버지에게 전화를 걸었는데, 어김없이 잔소리만 하셨다. 잘 지냈냐는 흔한 안부 한마디 없이. 잔뜩 서러워진 나는 오빠에게 이 사실을 마구 토로했다. 그때 핸드폰 너머로 킥킥대는 소리가 들렸다. 전화기 너머 들려오는 웃음소리가 이상해서 무얼 하고 있냐 물었더니, 오빠가 말했다. "넌 아빠를 너무 좋아해."

그 순간, 복잡한 마음이 순식간에 가라앉았다. 그랬다. 너무 좋아해서. 그래서 서운했다. 강한 부정은 강한 긍정이라는 말에는 일리가 있다. 서운함과 분노는 사랑에서 파생된다. 사랑이 깊기에 상처도 깊고, 기대가 크기에 실망도 큰

법이다. 마냥 사랑만 하고 싶은데, 그게 참 어렵다.

아버지에게도 이런데, 타인과의 교류는 어떻겠는가. 사랑하는 이에게 커다란 미움과 분노, 실망이 생겼을 때는 잠시 돌아봐야겠다. 커다란 사랑이 자리하고 있어 그것을 감싸고 있는 감정이 커 보이는 것은 아닐지 말이다.

우리에게 남은 시간이 얼마 없다면

가장 후회될 일은 무엇일까요?

아마 사랑하는 사람과 함께하지 못한 시간,

그리고 더 자주 사랑한다고 말하지 못한 순간들일 겁니다.

그러니까 우리 사랑을 말해요.

망설이지 말고 사랑을 전해요.

사랑은 누군가의 마음에 닿을 때 비로소 완성되니까요.

서로를
닮아 가는 여정

사랑하면 닮는다. 사랑한다는 것은 함께하기 위해 끊임없이 대화를 나누고 서로를 맞춰 간다는 것이다. 함께하는 시간이 쌓일수록 자연스레 생각의 결이 맞아 가고 취향이 비슷해진다. 너와 나라는 원이 만나 우리라는 교집합이 생긴다. 서로의 세계가 커질수록, 함께할 수 있는 것들이 많아질수록 교집합의 면적도 넓어진다. 너로 인해 평소에 좋아하지 않던 것들을 경험하게 되고, 나를 챙기는 너의 모습을 보며 사람을 챙기는 데 서툴렀던 내가 다정의 방식을 배운다. 너는 비가 와도 아랑곳하지 않는 나를 신기해했지만, 이제 우리는 함께 비를 맞는다. 여전히 다르나 닮아 가는 우리를 보면 사랑이 점점 깊어지고 있음을 알게 된다.

좋아하는 것들에게 온 마음을 쏟지 않는다. 예전에는 좋아하는 사람이 생기면 종일 그 아이 생각만 하고, 함께 놀고 싶어 안달이 났다. 좋아하는 취미가 생겨도 마찬가지로 하루 종일 그것만 했다. 그러다 보니 그 아이는 나를 부담스러워했고, 취미는 금세 질려 버렸다. 너무 좋아하는 나를 경계한다. 나의 좋아함이 누군가에게 부담이 될 수 있다는 걸 경험에 의해 알게 되었고, 욕심을 눌러 사랑을 전하는 방식을 터득했기 때문이다. 좋아하는 마음에 잡아먹히면 나의 좋아함만 덩그러니 남는다. 누군가에게 향하고 싶어 안달 난 나의 감정. 그 마음에는 상대를 향한 배려가 걸러져 있다. 타인을 좋아하는 감정을 좋아하는 게 아니라, 순수하게 상내를 좋아하고 싶다. 그렇다면 나의 애정은 상대의 행복과 나란히 걸어갈 수 있을 것이다.

증명이 필요하지 않은 사랑

사랑받기 위해 애써 왔습니다.

가치를 입증해야만 사랑받고
존중받을 자격이 있다고 생각했으니까요.

이제는 그만두려 합니다.

나를 사랑해 달라는 요구도,
나의 가치를 증명받으려는 노력도.

구태여 증명받지 않아도 됩니다.

성취와 결과만을 바라보고
나를 좋아하는 사람들은
진정한 나의 사람들이 아니니까요.

나의 모든 여정을 진심으로 응원하고
나의 실패에 가슴 아파하는 이들이야말로

진정 나를 사랑하는 사람들이니까요.

나와 같은 시간을 살아간다는 것만으로
기뻐하고 행복해하는 사람들의 사랑이면 충분합니다.

우리에게 중요한 것은
많은 사랑이 아니라, 진정한 사랑일지도 모릅니다.
부디 자신을 사랑하는 이유가
환산할 수 없는 것이길 바랍니다.

사람을 믿는다는 것의 의미

사람을 믿는다는 것은 나를 내놓는 일과도 같다고 생각했다. 언제든 바뀔 수 있는 마음을 믿는 것은 실망할 준비를 하는 것과 같다고 여겼다. 이별은 가르쳐 주었다. 견고해 보이던 사랑도 무너질 수 있다는 사실을. 그래서 나는 누군가 다가와도 용기를 내지 못했다. 언젠가 이 사랑도 변할지 모른다는 불안에 발목이 잡혀, 끝내 그들을 믿지 않았다. 아픔이 두려워 혼자가 되기를 선택했다.

만남 없는 이별을 겪으며 사람을 믿는다는 것의 의미를 조금은 알게 되었다. 믿음은 한순간에 완성되지 않기에 누군가를 믿고 싶다면 용기를 내어 함께하길 선택해야 했다. 그리고 하루하루의 서로를 믿어야 한다. 오늘 하루, 내일, 내일모레. 그렇게 점점이 찍힌 마음이 이어지며 믿음이라는 점이 확신의 실로 엮여 가는 과정이라는 것을 깨달았다.

이제는 안다. 사람을 믿는다는 것은 아픔과 슬픔의 가능성까지 품는 일이라는 것을. 나는 그럼에도 사람을 믿기로 했다. 아픔을 두려워하며 도망치다 보면 결국 아무도 믿지 못하게 된다. 아픔이 나를 무너뜨릴 수 없다는 확신을 갖고 함께 진심을 나누는 시간 속에서 믿음의 점을 찍어 나가려 한다. 언젠가 확신의 붉은 실로 이어질 날을 기다리며.

보물찾기

배려를 잘하는 사람들에게는 공통된 특징이 있다. 배려를 잘 숨겨 놓는다는 점이다. 그래서 티 나지 않게, 아무도 모르게 배려를 건넨다. 어떤 때는 그 사람이 나를 배려해 주고 있다는 사실조차 알지 못한 채 마냥 편안하게 시간을 보내고 집에 돌아와서야 깨닫기도 한다. 아, 나를 배려해 주었구나. 지나야 알게 되는 배려, 자연스레 나를 편안하게 해 주는 마음, 생색 없이 뒤에서 조용히 나를 받쳐 주는 진심 어린 애정.

배려를 잘 숨기고, 숨겨진 배려를 잘 알아차리는 사람이 되고 싶다. 나를 만나면 왠지 모르게 편안해지는데, 무어라 형용하기는 어려운 그런 사람. 보물찾기하듯 서로의 마음을 발견하는 재미도 있겠다.

편지를
　　써야겠어요

편지지 위에 올려진 마음은
시간이 흘러도 변치 않는다.

형체 없는 마음에 형태를 불어넣은 편지.
허공에서 사라지지 않고
종이 위에 안착한 마음.

한 줄 한 줄 나를 생각하며 썼을 문장을
가만히 들여다보면 왈칵 눈물이 난다.

글자에 꾹꾹 마음을 눌러 담다 보면
눈물이 종이를 적신다.

사랑받고 있음을,
사랑하고 있음을 알게 하는 순간.

우리 사이에 있는 마음이
사랑임을 알게 하는 편지가 좋다.

오랜만에 펜을 들었다.

그간 전하지 못했던 마음까지

모두 꺼내어 편지지 위에 올려두어야겠다.

사랑의 끝에서 배운 것들

급히 이별하지 않는다. 하루아침에 '사랑했던'이라 표현해야 하지만, 그간 짙게 써 내려간 사랑을 단번에 지우는 건 불가능하니까. 사랑이 희미해질 때까지 지켜본다. 비록 이별했지만 행복했던 시간마저 불행으로 덧씌우고 싶지는 않다. 내 인생의 소중한 일부이자 그의 귀중한 시간을 나눠 준 고마운 시간이니까. 너무 급히 돌아서지 말자. 마지막 페이지를 덮고 음미해도 괜찮다. 그 순간에 충분히 머물러도 괜찮다. 그 책이 당신의 마지막 책이 아니라는 것만 잊지 않는다면.

그 사람의 뒷모습을 보고 나서야 알게 됐다.

그는 내 것이 아니었음을.

내 것은 우리가 함께한 순간의 기억뿐이라는 사실을.

영원을 염원하던 마음은

지난 시간을 잊지 않길 바라는 염원이 됐다.

더 주지 못해
우는 사람

더 많은 것을 내어 주고 싶지만, 그러지 못해 미안함을 품는 사람이 있다. 가진 것을 모두 내어 주고도 부족하다며 미안하다고 말하는 사람. 우리 할머니는 그런 분이다.

어릴 적, 할머니와 시골집에서 함께 살았던 시절이 있다. 그 집에서 오빠와 나, 그리고 할머니가 함께 북적이며 살았다. 그때는 무척 어릴 때라 할머니가 무서웠다. 매일 아침 6시면 어김없이 우리를 깨우셨고, 잠이 많은 나는 더 자겠다고 떼를 쓰곤 했다. 결국 할머니에게 혼이 나 울면서 밥을 먹던 기억이 아직도 선명하게 떠오른다.

그때는 알지 못했다. 어린 나는 그저 할머니가 야속하기만 했는데, 시간이 한참 지나서야 왜 새벽부터 밥을 준비하실 수밖에 없었는지 알게 되었다. 할머니는 새벽부터 우리의 밥을 차려 주시고 곧장 밭으로 일을 가셨던 것이다.

그렇게 잘해 주셨는데도 할머니는 우리가 돌아갈 때 참 많이 우셨다. 미안하다고. 더 잘해 주지 못해 미안하다고. 우리 강아지들, 할미 미워하지 말라고. 나는 잔뜩 거만해져서는 '그러게 고기반찬 좀 더 주지! 아침에 늦게 깨우지!' 생각했다. 돌이켜 보면 참 못난 마음이었다.

어린 시절의 추억 덕분에 할머니와 나는 지금도 끈끈한 관계를 유지하고 있다. 수시로 통화도 하고 자주 찾아뵈려 노력한다. 할머니는 내가 자취를 시작하면서부터 갖가지 음식과 채소, 옷가지를 챙겨 주셨다. 처음에는 필요 없다고 완강하게 거부했지만 어느 날 아빠와 시골에 다녀온 뒤로 생각이 달라졌다.

할머니를 오랜만에 찾아뵌 날이었다. 우리가 돌아갈 시간이 다가오자 할머니는 직접 키운 채소들과 냉동실에 넣어 두었던 먹거리를 싸기 시작하셨다. 그때, 할머니가 싸 준 보따리 속에서 상해 가는 과일을 발견했다.

"아빠, 저거 상한 거 같은데……."

"할머니가 아껴 둬서 그래. 좀만 깎아 먹으면 돼."

곰팡이에 놀란 나와 달리, 아빠는 태연하게 할머니가 싸 주신 짐을 모두 차에 실었다. 돌아오는 길에 아빠에게 물 었다.

"아빠, 왜 다 받아 와?"

"할머니는 주는 게 행복인 분이시라, 안 받으면 서운해서 우셔."

이상했다. 나는 받지 못해 안달인데, 주지 못해 우는 사 람도 있다니. 시골집에 갈 때마다 나에게 꼬깃꼬깃한 지폐 를 쥐여 주시는 할머니. 내가 준 용돈을 도로 돌려주려고 힘쓰시는 할머니. 우리가 올 때마다 온갖 음식으로 상을 채 우시던 할머니. 맛있는 게 생기면 누구든 와서 먹으라고 냉 동실에 얼려 두시는 할머니. 아흔을 바라보는 나이에도 텃 밭을 가꾸시고, 우리가 놀러 가면 풍족하게 챙겨 주시는 할 머니. 나의 할머니는 더 주지 못해 운다.

사람을 바꾸는 것은
사랑이라서

책망은 쉽다. 나에게도, 남에게도.
책망은 때로 빠르게 사람을 바꾸려는 욕심이거나
더 나은 방법을 고심하지 않는 무관심일지도 모르겠다.

진정 나를 위하고 상대를 위한다면
마음에 비수를 꽂는 책망이 아닌
마음을 녹일 수 있는 따듯함을 전해야 한다.

굳은 마음에게는 아무리 모양을 바꾸라고
다그쳐도 움직이지 않고
억지로 바꾸려 들면 깨져 버리고 만다.

나의 욕심과 성급함을 힘껏 누르고
녹진한 마음을 건네자.

한 사람이 살아갈 힘을 얻는 건
누군가의 사랑이며, 관심이다.

한 사람이 변화할 용기를 얻는 건
누군가의 관대이고, 응원이다.

완벽해야만 사랑할 수 있는 것이 아니다.
그 사람의 미숙함과 취약함까지
포용하는 것이야말로 사랑이다.

책망은 사람을 바꾸지 못한다.
아끼는 사람의 마음이 부서지지 않도록,
사랑하는 사람이 작아지지 않도록
사랑을 건네자.

한 사람의 변화는
비수가 아닌 지지로부터 시작된다.

함께한다는 건
우리가 되어 가는 것

　사랑하는 사람과 함께한다는 건 끊임없이 우리의 길을 모색해야 하는 여정이다. 그래서 나는 연인을 '한 팀이 되는 것'이라고 표현하고 싶다.

　얼마 전, 연인과 산책을 하며 이런 얘기를 나누었다.

　"나는 너랑 한 팀이라고 생각한다? 너를 사랑한다고 떠올리는 것보다 이게 더 좋아. 사랑이라는 단어는 뭔가 위태로워. 아무리 이기심을 걷어 내려고 해도 자꾸만 달라붙어. 그런데 우리가 한 팀이라고 생각하면 이기심을 알아서 잘 다독일 수 있게 돼. 신기하지?"

　"그러게. 생각해 보면, 사랑한다는 건 내가 너를 사랑한다는 뜻이잖아. 그건 일방적인 말이긴 하다. 사랑한다는 말이 메아리처럼 나도 사랑한다는 말로 돌아와야 함께 마음을 나누고 있다고 느껴지잖아. 팀이라는 단어가 주는 결속

력 때문일까?"

그는 우리가 한 팀이라고 말하며 씩 웃곤 내 손을 꽉 잡았다. 나는 우리가 한 팀이라는 걸 너무 늦게 깨달았다. 우리는 자주 싸웠고, 그때마다 나는 우리의 길을 모색하기보다는 그를 이기려고만 했다.

관계에서 갈등은 필수 불가결한 요소다. 서로 다른 우리가 함께하다 보면 의견 충돌이 일어나기 마련이다. 다툼은 몰랐던 부분을 이해하고 다름을 조율해 나가는 과정이다. 그 시간 동안 저마다 무엇을 중요하게 여기는지, 어떤 부분에서 상처를 받았는지 알게 된다. 우리는 여전히 간혹 다투지만, 그 속에서 서로를 더 깊이 이해한다.

그래서 우리는 싸워도 짧게 싸우자는 주의다. 서로가 가장 중요하고, 서로를 사랑하는 것도 다 아는데 괜히 시간 낭비하지 말자고. 갈등이 생기더라도 짧게 싸우자는 말은 언제나 내 손을 든든하게 잡고 있겠다는 말과 다름없어 좋다. 우리가 어떠한 고난 속에서도 손을 놓지 않는 모습을 상상하면, 역시 우리는 한 팀이라는 확신이 든다.

서로의 손을
잡고 있는 것만으로도

분명 사랑하고 아끼는 사람이지만, 그와는 별개로 마음 속에서 마그마가 끓기도 하고, 얼굴을 마주하고 싶지 않은 날도 있다. 순도 100%의 사랑만 사랑이라 칭할 수는 없다. 저마다 사랑이라고 부르는 마음의 모양이 다르고, 사랑이라고 명명하는 농도의 기준 역시 다를 것이다.

한때는 사랑하는 사람과 갈등이 생기거나 애정하는 사람으로 인해 힘든 순간이 찾아오면 사랑의 진정성을 의심하곤 했다. 나는 진정 그 사람을 사랑하는가. 우리를 엮어 주는 것이 사랑이 맞기는 한 걸까.

하지만 사랑한다고 해서 언제나 행복할 수는 없고, 아낀다고 해서 그의 모든 행동이 좋을 수는 없다. 상황에 따라 달라지는 감정은 구태여 붙잡을 필요 없다. 흐르게 두면 자연스레 정화된다. 그래서 더는 의심하지 않기로 했다. 어떠한 상황에서도 서로의 손을 놓지 않는 것이 마음을 증명해 준다고 믿는다. 그럼에도 있는 힘껏 꽉 잡고 있는 그 힘, 분명 사랑이다.

놓을 줄도 알아야 한다.
떠나간 사랑에 충분히 슬퍼하되
다가오는 사람을 밀어내지 말자.
멀어진 인연에 집착하지 말고
새로이 다가오는 인연을 맞이하자.
살아간다는 것은
결국 어쩔 수 없는 이별을 받아들이고
우연한 인연을 맞이하는 일.
조금 더 담담한 시선으로 이별을 응시하고
궁금증 가득한 눈빛으로 새로움을 기다리고 싶다.
조금 덜 울고, 더 웃게.

봄날의 햇살 같은
기다림

사랑하면 기다림이 더욱 어렵게 느껴진다.
빨리 괜찮아졌으면 좋겠고
빨리 앞으로 나아가길 바라게 된다.
이러한 채근 또한 사랑임을 안다.
빨리 웃게 하고 싶은 마음,
조금이라도 덜 아프길 바라는 마음에서 비롯된 것일 테니.

그럼에도 나는 기다려 주는 사랑이 좋다.
마음껏 울 수 있도록 너른 품을 내어 주고
스스로 다시 걸음을 내디딜 때까지
조용히 곁을 지켜 주는 마음.
흔들리던 내가 중심을 잡을 때까지
믿어 주고 바라봐 주는 사랑.

서툰 내가 잘 영글어 갈 수 있도록
봄날의 햇살처럼 안온하게
나를 내리쬐며 기다려 주었으면.

행복이라는 새살이
돋아나도록

어떤 때는 떠났고, 어떤 때는 남겨졌다. 그리고 어떤 때는 누가 먼저랄 것도 없이 우리라 부르던 관계를 정리했다. 떠나간 이별은 보다 쉽게 잊었고, 남겨진 이별은 오래도록 기억에 남았다. 인생의 한 시절을 찬란하게 빛내 준 이들이 생각난다. 한 명이 아님을 보아 나는 누군가를 남겨 두고 떠났고, 누군가로부터 남겨졌을 것이다.

숱한 이별을 겪고 나서 깨달은 것이 있다. 만남에는 이별이 필연적이며, 관계를 맺다 보면 크고 작은 상처가 날 수밖에 없다는 점이다. 이를 필연이라고 인식하는 건 나의 보호막이 되어 준다.

나는 누군가에게 상처를 준 일을 또렷하게 기억하지 못한다. 하지만 누군가에게 상처를 받았을 때는 그의 말과 표정, 그날의 온도와 공기까지 선명하게 기록된다.

나 역시 상처를 주었던 기억은 모르거나 금세 잊어버리기에 받은 상처에도 무뎌지려 한다. 관계 속에서 주고받은 상처는 그 시절 우리의 것으로 남겨 두고 싶다.

우리는 상처를 받았기에 지키기 위해 고립되어 살고 싶지 않다. 우리의 상처는 시간과 함께 옅어지고 결국엔 사라질 것이라 믿는다.

상처에 집중하기보다는 우리가 나눴던 행복한 기억을 되새기고 싶다. 이별과 상처라는 필연이 있다면, 우리가 만들어 내는 인연에는 기쁨과 행복이라는 운명도 있을 테니까.

운명

우연이라는 실에
사랑이 더해지면 인연.

인연이라는 실에
신뢰가 더해지면 필연.

필연이라는 실에
영원이라는 약속이 더해지면 운명.

믿는다.

운명은 만들어 갈 수 있다는 것을.

두려움 속에서
발견하는 진심

불안과 두려움은 각별히 여기는 마음에서 비롯된다. 내가 겁내는 일은 나에게 중요한 일이고, 실패할까 두려운 일은 나에게 의미 있는 일이다. 잘 해내고 싶은 마음에 불안함을 느낀다면 그건 분명 마음 깊이 좋아하고 있기 때문이다. 나는 불안과 두려움이 피어날 때마다 나에게 말한다. "내가 많이 좋아해서 그런 것뿐이야." 각별히 좋아하기에 무거워지는 마음은 어쩔 수 없다. 그 무거움까지도 감내할 강인함을 지니고 싶다. 사랑하는 것들은 나를 종종 약하게 만들지만, 내내 사랑하기 위해, 더욱 깊이 사랑하기 위해 오늘도 마음을 굳게 먹는다.

누구의 발걸음도 닿지 않는 곳에

나만의 안식처를 꾸며 놓을 것.

지친 마음이 잠시 쉬어 갈 수 있도록.

누구의 목소리도 닿지 않는 곳에

나만의 작은 꿈을 키워 갈 것.

메마르지 않고 낭만을 지킬 수 있도록.

누구의 시선도 닿지 않는 곳에

사랑의 정원을 가꾸어 갈 것.

순수한 사랑을 건넬 수 있도록.

사랑이 주는 선물

한 사람을 있는 그대로 바라보는 것은 어쩌면 불가능에 가까운 일일지도 모른다. 자신의 사고방식을 완전히 내려놓는 것은 그만큼 어려운 일이니까. 하지만 그 불가능에 가까운 일을 가능하게 만드는 것이 바로 사랑이다. 사랑은 종종 말도 안 되는 일을 가능케 한다. 상대의 취약함, 부족함, 나와 맞지 않는 부분까지 받아들이게 한다. 그 또한 그 사람의 일부임을 알기 때문이다. 그의 아픔을 보면 보듬어 주고 싶어지고, 그가 흔들릴 때면 곁에서 버팀목이 되어 주고 싶어진다. 사랑은 사람을 온전하게 만든다. 판단과 기준이 소멸한 듯이 당신을 바라보게 하고, 사랑을 통과하여 보는 당신은 당신답게 어여쁘다. 사랑은 우리의 고유함을 지켜 준다. 있는 그대로의 서로를 포용할 수 있는 능력을 선물한다.

지속적인 노력이
깊은 관계를 만든다

나는 마음이 가는 사람이 생기면 나에게 잘해 주는지보다 주변 사람들을 어떻게 대하는지 유심히 살펴본다. 처음 친절하고 다정하기는 쉽다. 새로운 사람을 마음에 품은 설렘과 나의 사람이 되기를 바라는 욕망은 이기심을 누른다. 하지만 진정한 관계는 찰나의 다정과 배려로 만들어지지 않는다.

깊은 관계는 서로를 배려하고 존중한 순간들이 차곡차곡 쌓여 서서히 만들어진다. 그래서 나는 한 사람과 함께하고 싶어질 때, 그가 오랜 시간 동안 함께한 존재들을 어떤 태도로 대하는지 살피게 된다.

시간이 흘러 우리의 설렘과 열정이 차츰 잦아들어도 한결같은 태도로 서로를 아껴 줄 수 있으면 좋겠다. 익숙함과 편안함은 깊은 관계에서만 느낄 수 있는 안식이다. 편안해졌다고 해서 함부로 대하거나 무례해지는 건 전혀 다른 문제다. 가족과 반려동물을 사랑하고 책임감을 느끼는 마음, 친구들과의 우정에 진심을 쏟는 모습, 일에 깊이 몰두하는 열정, 취미를 오래도록 이어 가는 꾸준함. 무엇 하나에 온 마음을 다하는 사람의 굳건함이 좋다. 무언가를, 혹은 누군가를 마음에 품었을 때 보이는 일관된 헌신과 의리를 보면 나와의 관계도 그려진다.

나에게 있어 사랑은 순간적인 감정에서 비롯되는 것이 아니다. 의지와 결단에서 비롯된 지속적인 선택이자 변치 않는 마음을 향한 다짐이다. 깊고 굳건한 사랑을 함께할 수 있을 것이라는 확신이 들게 하는 사람, 다시 말해 일관된 태도로 애정을 쏟는 사람이 좋다. 활활 타오르다가 식어 버리는 사랑이 아니라, 포근한 온도가 꾸준히 이어지는 사랑을 하고 싶다.

사라지지 않는
사랑의 흔적들

　나의 마지막 인사는 항상 같았다. 어떤 이별은 싸우는 도중에 이루어져 정돈된 말이 나가지 않았고, 어떤 이와는 눈물이 앞을 가려 제대로 말을 잇지 못했으며, 어떤 이와는 지극히 성숙한 방식으로 작별 인사를 건넸지만, 끝 문장은 늘 같았다. "고마웠어. 잘 지내." 사랑했던 혹은 사랑하는 사람에게 마지막 인사를 건넬 때, 전하게 되는 말이다. 어떤 이별은 함께 끝내고, 어떤 이별은 홀로 이루어진다. 내가 떠나는 쪽이었어도 남겨진 쪽이었어도 마지막 인사는 같았다. 나의 시절을 함께해 준 사람에게는 늘 고마웠고 잘 지내기를 바랐다.

　우리가 더 이상 우리이지 않다는 이유로 그간의 마음들을 소멸시키고 싶지 않다. 그럼 우리의 시간이 증발할 것만 같다. 당신과 만나며 달라졌던 나 역시 도려내어야만 가능한 일일지도 모른다. 너와 나로 나뉘었지만, 마음 한구석에 여전히 고마운 마음을 품고 있다는 것만으로 이별을 견뎌 낼 수 있었다.

사랑이 끝났다는 이유만으로 사랑이 아니었다고 부정하지 않는다. 영원하여야 사랑이라 믿지도 않는다. 그때는 사랑했지만, 이제는 아니다. 그리고 남은 것은 사랑을 키우며 저절로 자라난 다른 요소들. 우리는 사랑이라는 것을 키웠지만, 그 옆에는 다른 것도 함께 자라나 있다. 의리, 신뢰, 이해, 포용, 우정.

자라난 것들은 사라지지 않는다.
한 시절을 함께한 고마움은 여전하고
당신이 행복해지길 바라는 마음도 여전하다.

부디 행복하시길. 나 또한 그러할 테니.

Epilogue

집을 정리하던 중 오래된 앨범을 발견했습니다. 무심코 첫 페이지를 넘겼다가 그만 멈추고 말았습니다. 앨범을 가득 채운 사진 속에서 해맑게 웃고 있는 저를 마주했기 때문입니다. 기억에 없던 미소들, 잊힌 행복들이 사진마다 깃들어 있었습니다. 한 장 한 장 넘기며 깨달았습니다. 그저 지나간 시간이라고 여겼던 날들에도 행복은 스며 있었다는 것을요.

아픔은 지나가도 내내 고개를 돌려 바라보게 되지만, 행복은 잠시 머물다가 신기루처럼 사라지는 것 같습니다. 아픔은 흉터를 남기기 때문일까요. 행복은 우리에게 무엇도 각인시키지 않기 때문일까요. 어쩌면 우리가 행복을 돌아보지 않는 이유는 마음속에 조용히 스며들기 때문인지도 모르겠습니다.

우리는 자주 잊어버리곤 합니다. 지금까지 얼마나 많은 행복이 찾아왔는지, 그리고 그 순간마다 내가 얼마나 환하게 웃었는지를요. 사라졌다고 생각한 행복은 여전히 우리

안에 남아 있습니다. 오늘을 살아갈 힘이 되어 주고, 다음 걸음을 내디딜 용기를 주며, 어딘가에서 나를 기다릴 또 다른 행복을 마주하게 해 줍니다.

때론 멈춰 서서 나에게 찾아온 행복을 떠올려 보세요. 내가 얼마나 많이 웃었는지, 얼마나 행복한 추억으로 가득한지, 그리고 얼마나 단단해졌는지. 고난의 시간마저 결국엔 행복을 마주할 곳으로 이끌었다는 것을 잊지 않기를 바랍니다.

지금 이 책을 읽고 계신 이 순간도 언젠가는 한 장의 사진이 되어 당신의 앨범 속에 자리하겠지요. 그때 펼쳐볼 이 페이지에도 잔잔한 행복이 깃들어 있기를 바랍니다.

행복하냐는 물음에
말간 웃음으로 화답하는 날을 기다리며

도연화 드림

결국 행복은 찾아올 거야

1판 1쇄 인쇄 2025년 02월 07일
1판 1쇄 발행 2025년 02월 17일

지 은 이 도연화

발 행 인 정영욱
편집총괄 정해나
기획편집 박주선
디 자 인 정해나 이정아
마 케 팅 이다은 정지은 박건우 원희성 김현서

펴낸곳 (주)부크럼
전 화 070-5138-9971~3 (도서기획제작팀)
홈페이지 www.bookrum.co.kr
이메일 editor@bookrum.co.kr
인스타그램 @bookrum.official
블로그 blog.naver.com/s2mfairy
포스트 post.naver.com/s2mfairy

ⓒ 도연화, 2025
ISBN 979-11-6214-537-1 (03800)